시 읽기의 즐거움

시 읽기의 즐거움

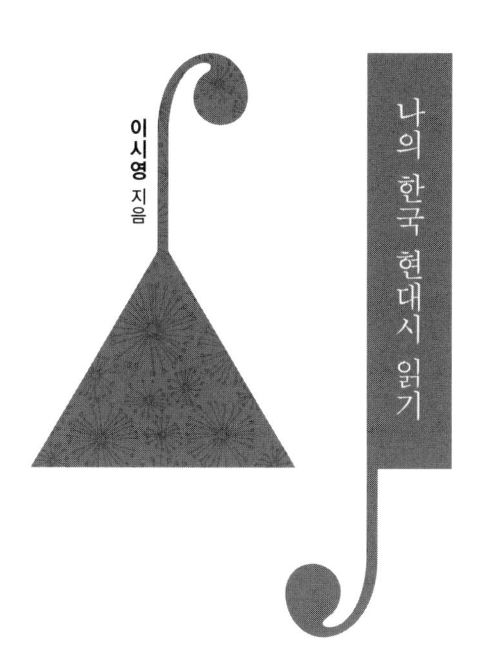

창비

| 책머리에 |

오랜만에 학교에 돌아가 학생들과 함께 시를 공부하면서 알게 된 것 중의 하나가 새삼스럽게도 남의 좋은 시를 찾아 읽는 즐거움이다. 가령 장철문의 시 「모자」(『산벚나무의 저녁』, 창작과비평사 2003)에서

> 장모님이 새 자전거를 샀다고 모자를 선물로 보내셨다
> 늦은 술자리에서 돌아와
> 헐렁한 생활한복에 모자를 쓰고
> 각설이 흉내를 낸다
>
> 어릴 때 꿈 중에는 승려와 거지도 있었다

—「모자」 전문

를 읽으면서, 장모님이 보낸 모자 하나가 시인의 이루지 못한 슬픈 꿈을 불러내고 기어이는 거울 앞에서 각설이춤을 추게 하는 등 연속되는 작은 경이를 선사하는 걸 지켜보는 기쁨 같은 것 말이다. 좋은 시는 이렇듯 요란하지 않게 비애를 불러일으킨다. 생활인의 비애, 혹은 평범 속의 조용한 비애를! 시인이 무심한 듯 내뱉은 "어릴 때 꿈 중에는 승려와 거지도 있었다"라는 진술은 얼마나 아픈 시적 발언인가. 시인은, 아니 우리 모두는 저마다 가슴 깊은 곳에 이런 대자유를 품고 산다. 이 시에서는 모자 하나가 그만 그 대자유를 건드리고 만 것이다. 평범한 사물이 작은 기적을 실현한 경우이다.

이렇듯 좋은 시를 읽는 즐거움 중의 하나는, 뛰어난 시구는 계속되는 반복 감상에도 물리지 않는다는 점이다.

> 봄날, 병아리가 어미 꽁무니를 쫓아가고 있다
> 나란히 되똥되똥 줄 맞춰 가고 있다
>
> 연둣빛 풀밭은 병아리들 발바닥을 들어올려 주느라 바쁘다
>
> —안도현 「해찰」 부분

> 토끼는 어느 먼 골짜기에다
> 제 발자국을 찍으며 서럽게 뛰어갈 것이다
>
> —안도현 「사냥」 부분

앞의 시에는 봄 마당의 병아리들이 어미 닭을 놓칠세라 분주히 발을 옮기며 되똥되똥 따라가는 모습이, 그리고 연둣빛 풀밭이 그 작은 발바닥들에 연신 호응하는 장면이 실감나게 묘사되어 있고, 뒤의 시에는 양식이 떨어져 마을 가까운 산으로 내려왔다가 동네 사냥꾼들을 피해 "환약 같은 토끼똥"만을 남기고 깊은 산으로 돌아가는 모습이 그려져 있는데, 눈밭에 "제 발자국을 찍으며 서럽게 뛰어"가는 토끼의 자태가 얼마나 생생한가! 겁먹은 듯이 서러운 붉은 눈을 빛내면서 능선을 달리는 토끼의 모습이 곧 눈에 잡힐 듯한데, 나는 이 구절들을 수십번도 더 읽었으나 물리지 않았으며 읽을 때마다 언어의 맛이 새로웠다. 근대시 이후 시에서의 음악성이 거의 소진된 것 같아 보임에도 불구하고 오늘날에도 좋은 시는 이렇듯 독자들의 반복 감상에 살아남으며 작품으로서의 새로운 생을 살고 있는 것이다.

나는 산문문학과 달리 시문학이 갖고 있는 장점 중의 하나가 이 반복 감상에 있다고 생각한다. 아무리 좋은 소설도 두번 읽기는 쉽지 않다(나는 시적 산문문학인 황석영의 「삼포 가는 길」도 두번 읽지는 않았다). 아니, 산문은 대개의 경우 음악을 거부하는 문학이다. 그러나 좋은 시는 되읽을수록 그 의미가 풍부해지며 음악성이 무진장 살아난다. 시는 산문처럼 정보 전달이 그 목적이 아니라 행간과 여백을 통해 더 많은 것을 표현하며, 이 표현되지 않은 침묵과 함축이 내부로부터 어쩔 수 없이 리듬을 생성시키기 때문이다. 신경림의 「목계장터」나 서정주의 「동천」을 읽어보라. 읽을 때마다 바람소리가 다르고 겨울의 하늘빛이 다르지 않은가. 즉 음악과 함께 의미가 새롭게 형성되는 것이다. 시의 고전이란 바로 이런 경지에 이른 작품을 두고 하는 말일 것이다. 어찌 즐겁지 않겠는가, 우리 시대의 고전을 새롭게 찾아 읽는 일이!

2016년 여름

이시영

차
례

책머리에 004

1부

『청록집』 다시 읽기 013
신경림 「목계장터」의 음악적 구조 019
김종삼의 재발견 025
김수영의 「꽃잎 1」에 대하여: 임홍배의 해석에 대한 짧은 반론 033
백석 시 다시 읽기: 고형진의 『백석 시 바로 읽기』에 대한 촌평 041
고은의 『만인보』가 이룬 것과 잃은 것 054
1970년대의 시: 신경림과 김지하 시를 중심으로 077
백석의 「노루」: 백석문학상 수상소감을 대신하여 107
조지훈의 시: 지훈문학상 수상소감 110
지용 시의 위의(威儀): 지용문학상 수상소감 115

2부

장철문의 『산벚나무의 저녁』 125
전동균의 『함허동천에서 서성이다』 130
최영철의 『그림자 호수』 136
나희덕의 『어두워진다는 것』 143
손택수의 『호랑이 발자국』 149
김행숙의 『사춘기』 157
안도현의 『아무것도 아닌 것에 대하여』 161
박영근의 『저 꽃이 불편하다』 169
박형준의 『물속까지 잎사귀가 피어 있다』 174
정규화의 『오늘밤은 이렇게 축복을 받는다』 179
백무산의 『폐허를 인양하다』 190

3부

가지 않은 길 199
나의 문학적 자전 206
우정의 발견: 창비 50주년 기념 인터뷰 223
'창비시선'에 관한 몇가지 에피소드 241
'문학과지성 40년' 기사들을 보며 250
진지한 예술가는 늘 비주류 254
최근의 문학권력 비판 중에서 257
『문학동네』 2015년 가을호 특집을 보고 261
창비는 '밥'인가? 265
김명인 형에게 270
'해학'과 '해악': 아리엘 도르프만이 주는 교훈 275

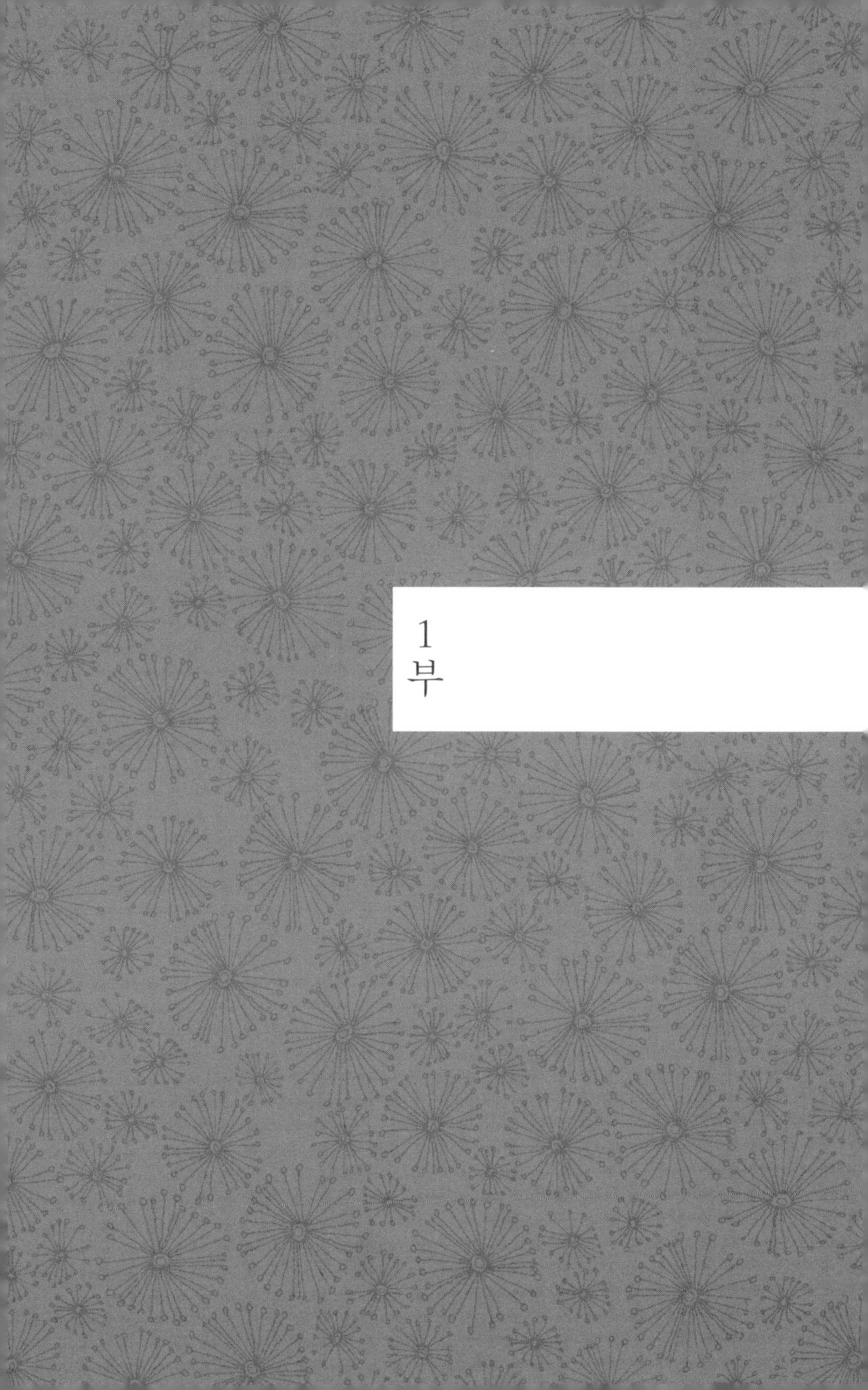

1부

『청록집』 다시 읽기

『청록집』(을유문화사 1946.6.6.)이 간행 60주년을 맞았다. 『현대시학』 2006년 6월호는 기획특집으로 '청록집 출간 60주년'을 꾸미고, 『청록집』 초간본을 전재하고 네편의 평문으로 '청록파 시 새로 읽기'를 시도했다(그런데 정작 새로운 내용은 박목월의 탄생지가 경주 서면 모량리가 아니라 경남 고성이라는 전기적 사실에 대한 '교정' 정도이다). 그리고 을유문화사에서는 2006년 6월 26일자로 '『청록집』 제2판 1쇄'를 발행하여 책의 갑년(甲年)을 기념했다. 표지에 뿔이 돋은 푸른 사슴 그림(김의환金義煥 소묘)을 그대로 재현한 이 시집은 오늘의 독자들을 위해 가로쓰기에 낱말 풀이를 덧붙인 현대식 조판본을 앞에 붙이고 뒷부분에 1946년의 원본을 영인(影印)해서 실었다.

그러나 서둘러 나의 독후감을 얘기하자면, 『청록집』에서 "자연의 발견"(김동리)이라는 그 문학사적 명성만큼 '작품으로서의 시간'을 살고 있는 작품은 그다지 많지 않았다. 좀더 박하게 얘기하면 박두진에게서는 「묘지송」과 「도봉」, 조지훈에게서는 「낙화」와 「고사(古寺) 1」 「완화삼(玩花衫)」, 그리고 좀 후하게 봐준다면 「파초우(芭蕉雨)」와 「승무」가 고작이었다.

『청록집』을 『청록집』답게 돌올히 빛내고 있는 시인은 단연 박목월이었다. 일체의 선입견 없이 작품 자체를 접했을 때 "과거로 밀려서 사라지지 않"(정남영 「형상과 그 너머」, 『창작과비평』 2003년 가을호, 274면)는 이른바 '고전'에 이른 시는 박목월에게서 제일 많았는데, 「윤사월」 「청노루」 「갑사댕기」 「나그네」 「산이 날 에워싸고」(이 작품은 뒤에 신경림의 유명한 「목계장터」의 상상적 '원본'이 된다) 등이 그것이다. 이밖에도 (조지훈의 경우처럼) 좀 후한 기준을 적용하여 「임」 「삼월」 「달무리」 「박꽃」 「길처럼」 「가을 어스름」 「귀밑 사마귀」와 (각 연의 말미가 "워어어임아 워어어임"이라는 송아지 부르는 소리로 끝나는 것이 좀 어색하지만) 「산그늘」까지 포함하면, 박목월의 '명품'은 그야말로 『청록집』의 대표 상품이 되는 셈이다. 『청록집』은 모두 39편의 시를 싣고 있는데, 그 앞머리를 차지하고 있는 박목월의 이 '주옥같은' 작품들 때문에 이른바 인구에 회자되는 예의 명성을 얻은 셈이라고 본다. 가령 다음과 같은 한편의 시를 보자.

잠자듯 고운 눈썹 위에

달빛이 나린다

눈이 쌓인다

옛날의 슬픈

피가 맺힌다

어느 강을 건너서

다시 그를 만나랴

살눈썹 길슴한

옛 사람을

산수유꽃 노랗게

흐느끼는 봄마다

도사리고 앉은 채

도사리고 앉은 채

울음 우는 사람

귀밑 사마귀

—「귀밑 사마귀」 전문

박목월 시의 장처(長處)는 아무래도 한국인의 심저에 깃든 경쾌하면서도 발랄한 3음보(때로는 변형 2음보)를 자유자재로 구사하는 가락에도 있지만, 시의 핵이랄까 눈이랄까에 해당하는 어느 한 대목을 무심히 툭 건드리고 지나가는 듯한 그 묘사의 장기에도 있다. 앞의 시에서 그에 해당하는 곳은 2연으로 "어느 강을 건너서/다시 그를 만나랴/살눈썹 길슴한/옛 사람을"에서 "길슴한" 같은 것이 그러한 예이다. '길쭉한'이라는 뜻의 이 경상도 방언은 "귀밑 사마귀"를 지닌 "옛 사람"을 단박에 드러내는, 그야말로 직핍하는 형용어이자 이 시의 '맛'을 배가시키는 결정적인 묘사에 해당한다. 이 시에서 만약 이 2연의 살가운 표현과 2음보의 연속(1행과 2행)과 3음보(3행과 4행)가 교차하면서 여울지는 듯한 세찬 가락이 없다면 「귀밑 사마귀」는 그야말로 범작의 운명을 면치 못했을 것이다. 「갑사댕기」 또한 그의 시가 가락에 얼마나 능하고 우리말의 급소에 얼마나 민감한지를 보여주는 수작이다.

안개는 피어서
강으로 흐르고

잠꼬대 구구대는
밤 비둘기

이런 밤엔 저절로
머언 처녀들……

갑사댕기 남끝동
삼삼하고나

갑사댕기 남끝동
삼삼하고나

이 시에서도 작품의 핵은 "갑사댕기 남끝동"이고 그 "갑사댕기 남끝동"에 의미를 부여하면서 이 작품을 저 높이 들어올리고 있는 것은 4음보-3음보-4음보로 이어지다가 급박한 여울을 만난 듯 일시에 감돌아치며 끊어질 듯 흐르는 3음보-3음보의 연속된 리듬이다. 그리고 이 급박하게 숨찬 듯 끊어지는 3음보의 연속은 독자의 가슴속에 지워지지 않는 강한 여운을 남긴다. 「윤사월」에서도 박목월의 이 장기는 유감없이 발휘되어 "산지기 외딴집/눈먼 처녀사//문설주에 귀 대이고/엿듣고 있다"라는 명구(名句)를 남긴다. 그럼으로써 작품이 오랜 시간의 침식을 거슬러서 오늘에도 살아남는 희귀한 예를 실증하는 것이다.

물론 박목월과 『청록집』을 마냥 찬사의 대상으로만 거론할 수 없다는 점도 우리는 잊어선 안 될 것이다. 1946년은 조선문학가동맹 소속 시인들이 『횃불―해방기념시집』을 낸 해이고, 오장환의 『병든 서울』이 간행된 해이기도 하며, 바로 이듬해에는 이용악의 『오랑캐꽃』과 오장환의 『나 사는 곳』이, 그다음 해에는 (한국어의 능숙한 운용의 면에선 이들보다 한 수 위임이 분명한) 서정주의 『귀촉도(歸蜀途)』가 간행된다.(이혜원 「근원의 지향과 모국어의 복원」, 『현대시학』 2006년 6월호) 해방공간의 정국에서 새로운 민족국가의 건설이라는 시대적 소명 앞에 너무나 초연한 듯한 이 3가시(三家詩)의 '자연의 발견'은 또다른 정치적 선택의 결과이기도 한데, 이들 3인은 모두 당시 김동리, 조연현이 주도하는 우익 진영의 '조선청년문학가협회' 회원이었다는 점이 그것을 말해준다. 그러나 그럼에도 불구하고 갑년을 맞은 『청록집』을 다시 읽는 기쁨은 크다. 우리 시도 이제 이만큼 성숙해져서 과거를 되돌아볼 줄 아는 어른스런 경지에 이른 것이다. 이 3가시 중에서도 박목월은 훗날 생활의 세계로 귀환하여 「하관」 「가정」 「기계 장날」 「이별가」 같은 빼어난 작품을 낳는다.

(2006)

신경림 「목계장터」의 음악적 구조

하늘은 날더러 구름이 되라 하고

땅은 날더러 바람이 되라 하네

청룡 흑룡 흩어져 비 개인 나루

잡초나 일깨우는 잔바람이 되라네

뱃길이라 서울 사흘 목계 나루에

아흐레 나흘 찾아 박가분 파는

가을볕도 서러운 방물장수 되라네

산은 날더러 들꽃이 되라 하고

강은 날더러 잔돌이 되라 하네

산서리 맵차거든 풀 속에 얼굴 묻고

물여울 모질거든 바위 뒤에 붙으라네

민물새우 끓어넘는 토방 툇마루

석삼년에 한 이레쯤 천치로 변해

짐 부리고 앉아 쉬는 떠돌이가 되라네

하늘은 날더러 바람이 되라 하고

산은 날더러 잔돌이 되라 하네

—「목계장터」 전문(『새재』, 창작과비평사 1979)

우리가 이 시를 읽어나가면서 맨 먼저 접하게 되는 것은 이 시의 가락이 어쩐지 매우 친숙하다는 느낌일 것이다. 앞부분 7행을 4음보 전통율격 단위로 끊어서 읽어보자.

하늘은/날더러/구름이/되라 하고//

땅은/날더러/바람이/되라 하네//

청룡 흑룡/흩어져/비 개인/나루//

잡초나/일깨우는/잔바람이/되라네//

뱃길이라/서울 사흘/목계/나루에//

아흐레/나흘 찾아/박가분/파는//

가을볕도/서러운/방울장수/되라네//

/는 3 또는 4음절을 기준으로 한 우리 전통시가의 1음보 표시고, //는 4음보가 모인 전통율격의 단위 표시이다. 약간의 변격(變格)이

없는 것은 아니나 신경림의 「목계장터」는 전통시가의 기본 율격을 토대로 하여 씌어졌음을 알 수 있다. 김흥규 교수는 우리 현대시의 운율적 가능성을 이야기하는 자리(「'근대시'의 환상과 혼돈」, 『문학과 역사적 인간』, 창작과비평사 1980, 192~93면 주 17)에서 다음과 같이 쓴 바 있다.

> 2음절이 1음보가 되고, 5, 6음절도 1음보가 되는 현상은 기이하게 여겨질지도 모른다. 그러나 일본식 율격론의 영향을 받은 자수율(字數律)의 관념을 버리고 음보율의 관점을 도입하면 간명하게 밝힐 수 있다. (…) 율격은 '자연언어의 운율적 가능성이 실현되는 추상적 규칙'으로서, 한 문화공동체가 가진 의식적·무의식적 양식이다. 따라서 우리는 기본 율격을 예상하면서 노래하고, 듣고, 읽는다. 때문에 기준 음절수에 다소 맞지 않는 부분도 우리는 기본 율격으로 소화하는 것이다. (…) 정상적인 부분은 평탄·쾌적한 율동감을 주고, 변격(變格) 부분은 심리적·생리적 긴장을 일으키는데 이것이 시나 노래가 필요로 하는 정서적 고양(高揚)이나 강조 등의 신선한 효과를 수행한다. 따라서 변격의 알맞은 활용은 율격 파괴가 아니며, 오히려 율격이 존재하는 의의의 일부라 할 수 있다.

「목계장터」 제1~7행 중에서 한 음보를 이루는 기준 음절 수에 맞지 않는 곳은 2행의 '땅은' 3행의 '나루' 5행의 '목계' 6행의 '파는' 등 다섯군데이다. 그러나 음절 수가 하나씩 모자란다고 해서 우리가 이 시를 읽어나가면서 어떤 운율적 파탄을 겪지는 않는다. 오히려 우리는 이 시를 읽으면서 민요가락을 듣는 것 같은 강한 전통적 리듬을 체험하게 되는데, 그것은 바로 이 시가 우리의 운율적 질서에 친숙한 4음보격을 적절히 활용하는 데서 오는 것이다. 즉 한국인의 집단적 무의식의 근저에는 4음보격에 어울리는 어떤 '운율적 연속성'이 존재한다고 볼 수 있다.

우리의 옛 전통시가와 민요는 복잡하고 고도한 수사적 세련을 요구하는 현대시에서 밀려나 오늘날 살아 있는 문학양식으로서 그 창조적 생명력을 잃은 것이 사실이다. 그것은 단순·소박을 그 특성으로 하는 전통시가와 민요 양식이 급속도로 변화해가는 오늘의 복잡한 삶의 현실을 담는 그릇으로서는 이미 낡아버린 데 원인이 있다. 그런데 신경림은 왜 이렇게 낡아버린 민요 양식을 현대시에 활용했을까? 바로 이 질문에 답하는 것이 「목계장터」의 창작의 비밀을 푸는 열쇠가 될 것이다. 결론부터 성급히 얘기하자면, 신경림은 잃어버린 우리의 옛 가락을 현대시에 되살려 한국인의 보편적 생활정서, 민중정서를 창조해보려고 한 것이다.

오랫동안 우리 현대시는 민요의 창조적 계승과 그 운율적 재생의 가치를 무시해왔다. 우리의 미의식은 지나치게 서구적인 미학에만 치우쳐 민요 양식에 나타난 외관상의 질박함과 비세련성만을 보고, 그것이 안에 숨기고 있는 표현의 직절성과 대담무쌍함, 골계, 해학, 비장미, 전복의 표현 등의 훌륭한 미학적 자산들을 발견하지 못했으며, 무엇보다도 한국인의 보편적 정서를 가장 밑바닥에서부터 들어올리고 있는 4음보 율격의 탁월한 현재적 가치를 놓치고 있었던 것이다.

시는 음악이다. 그리고 좋은 시는 그 자체가 음악적 질서에 의해 팽팽하게 긴장되어 있는 시다. 우리의 학교 교실에서는 아직도 시를 머리로 이해해야 하는 어떤 것으로만 가르치고 있다. 그러나 이 시만은 그렇게 읽지 말자. '하늘'이 무엇을 의미하고 '구름'이 무엇을 의미하는가는 이 시 감상에서 그리 중요한 것이 아니다. 맨 먼저 이 시의 1~7행까지를 4음보 율격으로 천천히 끊어 읽어보라. 세번쯤 되풀이해 읽다보면 1행과 2행의 유장한 호흡이 3행의 '—나루'에 와서 일단 급박한 숨결로 멈추게 됨을 느낄 것이다. 일단 멈추었던 숨결은 4행의 "잡초나/일깨우는/잔바람이/되라네"에 와서 호흡을 가라앉혔다가, 5행과 6행에서 다시 빨라지다가, 7행에 와서 몰아쉬었던 숨결을 터뜨리며 완만해진다.

7행은 이 시의 전반부가 완성되는 부분이다. 1~2행의 도입부가 3~4행, 5~6행의 이어짐과 반전을 거쳐 7행에 와서 종결된다. 8~9행과 10~11행과 12~13행의 운행(運行) 그리고 14행의 터뜨림은 1~7행과 마치 한시의 구조처럼 대구(對句)를 이루면서 전개된다. 8~14행은 이 시의 후반부다. 마지막 두 행은 1~2행의 후렴구이자 1~7행, 8~14행의 숨결의 몰아쉼과 터뜨림을 동시에 껴안고 무화(無化)시키는 종결 리듬이다. 그리하여 완만하게 또 다급하게 울려나왔던 이 시의 음악은 마치 호수의 최후의 파문처럼 잔잔한 떨림을 감싸안으면서 다시 처음의 팽팽한 침묵의 질서로 돌아간다. 그리고 이 시는 이 마지막 두 행 속에 자기의 주제를 감추고 있다.

(1982)

김종삼의 재발견

문학사란 어느 면에서 대단히 임의적인 것이어서 수많은 좋은 시인들, 좋은 작가들을 누락 혹은 사상(捨象)하면서 나아가는 것을 목도하게 된다. 나는 그런 대표적인 시인 중의 한 사람이 김종삼(金宗三, 1921~84)이라고 생각한다. 그의 시는 생전에 나온 민음사판 '오늘의 시인 총서'『북치는 소년』(1979)과 거기 붙은 "여백이 완벽보다 더 꽉 차 보이는 때가 있다"로 시작되는 황동규의 유명한 해설「잔상(殘像)의 미학」으로 어느정도 알려져 있지만, 그에 대한 문학사의 평가는 그의 시의 탁월성에 비해 아직도 턱없이 부족하다는 것이 나의 판단이다. 가령 다음과 같은 한편의 시를 보자.

1947년 봄

심야
황해도 해주의 바다
이남과 이북의 경계선 용당포

사공은 조심 조심 노를 저어가고 있었다.
울음을 터뜨린 한 영아(嬰兒)를 삼킨 곳.
스물몇 해나 지나서도 누구나 그 수심(水深)을 모른다.

—「민간인」 전문

지난 1970,80년대에 수많은 '분단시'들이 탄생했지만 나는 이만큼 의미와 행간의 긴장으로 꽉 찬 분단시를 경험해본 적이 없다. "스물몇 해가 지나서도" 그 수심을 모른다고 시인은 고백했지만, 이 시는 자신의 체험을 그야말로 스물몇해가 되도록 가슴에 간직했다가 각혈처럼 처연히 토해놓은 것이다. 그리하여 우리로 하여금 '용당포'란 지명과 함께 "울음을 터뜨린 한 영아"의 입을 틀어막은 월남 가족의 비극을 고스란히 체험케 해준다. 그 '수심'은 우리의 가슴속에 시퍼렇게 살아 있다. 좀더 전문적인 용어로 얘기하면, 시간의 힘에 밀리지 않으면서 아직도 의미를 생산하고 있는 것이다. 살아 있는 시란 바로 이런 경우를 두고 하는 말이다.

조선총독부가 있을 때

청계천변 10전균일상(一0錢均一床) 밥집 문턱엔

거지 소녀가 거지 장님 어버이를

이끌고 와 서 있었다

주인 영감이 소리를 질렀으나

태연하였다

어린 소녀는 어버이의 생일이라고

10전짜리 두 개를 보였다.

—「장편(掌篇) 2」 전문

이 시를 "징이 울린다 막이 내렸다"로 시작되는 신경림의 「농무」와 비교해서 읽는다면 어떨까? 그 가락의 신명과 작품이 뿜어내는 활력은 「농무」보다 현격히 떨어지지만 시적 조화와 균제미, 그리고 넓은 의미의 '민중성'에 있어서는 「장편 2」가 그다지 뒤지지 않는다는 것이 나의 생각이다. 신경림의 「농무」가 시적 화자가 직접 굿판 속에 뛰어들어가 "꺽정이처럼 울부짖고" "서림이처럼 해해대"면서 "비료값도 안 나오는 농사 따위"를 비웃고 비판하는 능동성이 있다면, 이 시는 모더니스트 김종삼답게 묵언(黙言)으로써 어느 장면을 칼로 자르듯이 독자 앞에 제시하고 시인은 작품 뒤로 숨는 묘사의 기법을 구사하고 있는 것이다. 어느 시가 더 절실하고 살아 있는가는 그야말로 독자들이 판단할 일이거니와, 신경림의 시가 주목과 찬탄의 대상이었던 것에 비해 이 시는 당대의 여러 정황에 의해 조금 더 소외되었다는 점만 밝히기로 하자. (참고로 이 시의 발표 연대는 「농무」보다 4년 늦은 1977년이다.)

이왕 말이 나왔으니 하는 말이지만, 문학사란 당대의 정황과 시대적 요구의 영향에서 자유롭지 못하기 때문에 이처럼 의외의 소외를 낳기 마련이다. 이는 비단 김종삼뿐만 아니라 김수영과 동시대의 박인환에게도 해당하는데, 그는 김수영의 비평에 의해 '포즈의 시인'으로 낙인찍히는 바람에 그 소외의 정도가 김종삼보다 더하다고 할 수 있겠다. 그러나 시대는 늘 변화하기 마련이고, 문학사 또한 고정되어 있는 실체가 아닌 만큼 이질적인 것들의 수용을 통해서 자기를 변화시켜나간다. 최근 잇달아서 『김종삼전집』(나남출판 2005) — 이 책의 말미에 실린 엮은이 권명옥의 작품 해설 「적막과 환영」은 지나치게 기독교 복음주의적인 해석이 걸리지만 '순도 높은' 김종삼론이다 — 과 『박인환전집』(예옥 2006)이 간행되고 『박인환 깊이 읽기』(맹문재 엮음, 서정시학 2006)까지 나왔다. 이들의 작품이 "정말로 새로운" 것이라면 T. S. 엘리엇의 말처럼 "(문학사의)질서는 새로운 예술작품이 그 속에 도입됨으로써 수정"(「전통과 개인적 재능」 1917)될 것이다.

1964년에 간행된 신구문화사판 『한국전후문제시집』(편집위원 백철·유치환·조지훈·이어령)에는 박인환, 고은을 비롯해서 33인의 '전후파' 시인들의 자천(自薦) 대표시 14,15편씩과 김춘수, 박태진, 이어령의 비평 '문제작의 주변' 그리고 수록 시인들의 시작노트격인 '작가들은 말한다' 등이 실려 있는데, 이는 출간 당시 큰 반향을 불러일으킨, 요즘 표현으로 하자면 '잘나가는 시인들'의 의욕적인 기획 앤솔러지였다. 그러나 43년의 세월이 흐른 후 이들의 면면을 살펴보면 사라졌거나 희미해진 이름들이 너무 많다. 좀 박하게 얘기하면 고은, 구상, 김수영, 김춘수, 박재삼, 이형기 정도가 '현역'으로서 그 역할을 다했거나 다하고 있다고 말할 수 있겠다.

그런데 이 앤솔러지에 김종삼의 작품이 실려 있다. 70년대의 젊은 비평가 염무웅에 의해 어느 비평에선가 "이게 도대체 시냐?"라는 비판을 받은 바 있는 「돌각담」「원두막」 등 모더니즘 계열의 시 15편과, "어쨌든 나는 자연을 모사(模寫)해버리는 낡은 사진사들의 틈바구니"에는 끼지 않겠다는 모더니스트다운 발언과 함께 당대 시단의 '소란'을 벗어나 릴케가 말한 바 있는 "언어의 도끼가 아직도 들어가 보지 못한 깊은 수림(樹林) 속에서" "새로운 시의 언어"를 찾겠다는 다짐을 담은 시작노트 「의미의 백서」가 그것이다. 그러나 시인의 '절정'이 있다면 이 시기의 김종삼은 아니다. 1964년 당시 주목의 대상이 되기에 그의 시는 "멀리 아물거리는 아지랑이"(「의미의 백서」)처럼 미혹스럽고 난해하기 짝이 없으며, 아직은 '언어의 도끼'가 사물을 향해 제대로 먹혀들어가기 직전의 것들이다. 그가 극적으로 재발견된 것은 『북치는 소년』에 와서이며, 한 눈 밝은 후배 시인 황동규에 의해서이다. 황동규는 예의 「잔상의 미학」을 통해 "내용 없는 아름다움"(「북치는 소년」의 첫 연) 뒤에 숨은 진면목인 '여백의 시학' 즉 시가 시를 말하게 하고 시인은 깊은 침묵 속에 빠질 줄 아는 한 뛰어난 미학주의 시인 김종삼을 만난다. 그리고 그는 김종삼의 시에서 "제스처를 삼가는 한 예술가의 (내면적) 진실"과 대면한다. 그리하여 '민중시'가 목소리를 높여가던 당대의 시단에서 "자유연상에 의한 이미지 조합"으로 "스크린처럼 비어 있는 잔상이 비치는 부재"의 형식을 통해 자기 시를 드러내는 "가장 완전도가 높은 순수시인" 김종삼을 한국 현대시사에 재소환하는 것이다. 모든 시들이 암울한 시대의 정치적 폭발을 향하여 치닫고 있던 당대의 시적 현실에서 김종삼은 기묘하게도 '절제의 시인'으로 가까스로 살아남아 다음과 같은 완성도 높은 시를 생산한다. 시인은 작품 뒤로 가뭇없이 사라지면서, 아니 천상의 음악처럼 우리 곁에 문득 휴지(休止)하면서.

물 먹는 소 목덜미에
할머니 손이 얹혀졌다.
이 하루도
함께 지났다고,
서로 발잔등이 부었다고,
서로 적막하다고,

—「묵화(墨畵)」 전문

하나의 마침표와 세개의 쉼표로 자신의 존재를 겨우 내비치고 있는 이 '순수'시인의 시는 "어린 양들의 등성이에 반짝이는/진눈깨비처럼"(「북치는 소년」의 마지막 연) 아름답게 반짝인다. 그리고 그 구조는 그의 남다른 예술적 소양과 절제로 인해 일체의 틈입을 불허하면서 자족(自足)하고 견고하다. 소주와 설렁탕과 서양 고전음악 듣기를 유독 좋아했다는 이 시인의 최후는 그러나 가난하고 외로웠다. 길음성당에서 천주교식으로 거행된 그의 영결식엔 그 많은 문인들 중 시인 한 사람과 그를 따랐던 문학청년 한 사람만이 참석해 그의 마지막을 지켜보았다고 한다. 그는 그렇게 겨우 이 지상에서 드러나지 않게 살다 간 "욕심 없는"(황동규, 앞의 글) 예술가였다. 다음은 그의 시 「누군가 나에게 물었다」의 전문이다. 가난한 사람들을 발견하고 사랑할 줄 알았던 그를 기억하자. 그리고 진정한 시인의 반열에 그의 이름을 올리자.

> 누군가 나에게 물었다. 시가 뭐냐고
> 나는 시인이 못됨으로 잘 모른다고 대답하였다.
> 무교동과 종로와 명동과 남산과
> 서울역 앞을 걸었다.
> 저녁녘 남대문 시장 안에서
> 빈대떡을 먹을 때 생각나고 있었다.
> 그런 사람들이
> 엄청난 고생 되어도
> 순하고 명랑하고 맘 좋고 인정이

있으므로 슬기롭게 사는 사람들이

그런 사람들이

이 세상에서 알파이고

고귀한 인류이고

영원한 광명이고

다름아닌 시인이라고.

(2007)

김수영의 「꽃잎 1」에 대하여

임홍배의 해석에 대한 짧은 반론

임홍배의 「시와 혁명」(『창작과비평』 2003년 겨울호)은 김수영의 후기 '난해시'들에 대한 정치한 분석이다. 그런데 그중에서 나는 「꽃잎 1」에 대한 그의 분석이 영 맘에 들지 않는다. 해독하기 어려운 시가 품기 마련인 언어의 의미작용에 대한 세심한 고려가 전혀 없는 바 아니지만, "4·19혁명이 제기한 미완의 과제를 누구보다 치열하게 고민했던"(같은 글 289~90면) 흔적으로만 그의 시를 집중해서 읽은 나머지 작품이 말하고자 하는 진짜 속뜻을 놓치고 있는 듯하다.

누구한테 머리를 숙일까
사람이 아닌 평범한 것에
많이는 아니고 조금

벼를 터는 마당에서 바람도 안 부는데
옥수수잎이 흔들리듯 그렇게 조금

바람의 고개는 자기가 일어서는 줄
모르고 자기가 가 닿는 언덕을
모르고 거룩한 산에 가 닿기
전에는 즐거움을 모르고 조금
안 즐거움이 꽃으로 되어도
그저 조금 꺼졌다 깨어나고

언뜻 보기엔 임종의 생명 같고
바위를 뭉개고 떨어져내릴
한 잎의 꽃잎 같고
혁명 같고
먼저 떨어져내린 큰 바위 같고
나중에 떨어진 작은 꽃잎 같고

나중에 떨어져내린 작은 꽃잎 같고

—「꽃잎 1」 전문

임홍배는 우선 이 시의 핵이 3~4연에 있다고 보고(그렇게 단정해서 지목한 것은 아니지만 논지의 전개상 그렇다는 말이다) 3연의 "바위를 뭉개고 떨어져내릴/한 잎의 꽃잎 같고/혁명 같고"에 주목하여 "여기서도 바위를 무너뜨리는 힘과 꽃의 개화를 매개하는 것은 '바람'이다. 자연을 운행시키는 힘으로서의 바람은 꽃을 피어나게 하는 동시에 그 아름다움이 제 몫을 다했을 때는 다시 낙화의 힘으로도 작용하며, 그것이 거대한 바위를 만들고 다시 부수는 자연의 풍화작용이기도 한 것이다. '언뜻 보기에는' 서로 아무런 연관성도 없이 진행되는 꽃의 개화와 바위의 낙반에 작용하는 근원적인 힘은 동일하다는 통찰이다. 그렇게 해서 꽃잎이 바위를 뭉개는 이 '나무아미타불의 기적'은 자연의 순리에서 보면 결코 기적이 아닌 셈이다"라고 말하고 있다.

그런데 내가 보기에 이 시의 핵은 2연의 "바람의 고개는 자기가 일어서는 줄/모르고 자기가 가 닿는 언덕을/모르고 거룩한 산에 가 닿기/전에는 즐거움을 모르고"에 있다. 즉 이 시는 "바위를 뭉개고 떨어져내릴" "꽃잎"이나 "혁명"을 이야기하려는 것이 아니라 오히려 그런 무거운 것으로부터, 거대의미로부터 벗어나 "자기가 일어서는 줄" 모르는 바람의 무의미, 무의도성에 가닿기 위한 시인의 어떤 지난한 몸짓(포즈가 아니라) 혹은 염원을 담고 있다고 할 수 있는 것이다. 1연을 보라. "누구한테 머리를 숙일까"라고 묻고 나서 시인은 곧장 "사람이 아닌 평범한 것에/많이는 아니고 조금" 숙이고 싶다고 말하지 않는가. "옥수수잎이 흔들리듯 그렇게 조금". ('조금'이라는 한정어가 1~2연에 모두 네번 나오는 것에도 유의해야 할 것이다. 여기서 '조금'은 '심각하지 않게' '그냥 심드렁하게' 정도의 뜻이다.)

그러므로 임홍배가 2연의 "조금/안 즐거움이 꽃으로 되어도"를 '꽃의 개화'로 유추하여 3연의 "임종의 생명"과 억지로 대비시켜 "죽음을 앞둔 삶의 비장함을 느낄 수도 있고, 고단한 삶을 온전히 살아낸 자의 아름다운 죽음을 떠올릴 수도 있지만, 꽃의 생리에 비추어서 평이하게 읽으면 꽃의 아름다움은 결코 영속적이지 않다는 말도 된다"라고 하는 것은(앞의 글 285면), 아름다운 말이기는 하지만 과잉해석의 한 예이다. 이때의 "꽃으로 되어도" 역시 그 앞의 "조금"이라는 한정어의 도움을 받아 "즐거움"보다는 조금 기쁜 어떤 마음의 상태를 가리키는 것이다. 그리하여 우리는 바로 이어지는 "그저 조금 꺼졌다 깨어나고"를 글자 뜻 그대로 '그저 조금 기꺼웠다 깨어나고' 정도로 해석해도 무방한 것이다.

문제는 3연이다. 그런데 여기서도 정작 극대의 무게단위로서의 "바위"와 극소의 질량으로서의 가벼운 "꽃잎", 그리고 "혁명" 같은 파장이 큰 첨예한 의미어에 집착하지 않는다면(아니, 집착을 버린다면) 의외로 손쉬운 결말을 볼 수가 있다. (그런 의미에서 「사랑의 변주곡」의 "눈을 떴다 감는 기술"을 다른 평자들처럼 "민중적 각성의 포즈" 또는 "민중에 대한 인식과 각성"(오태환 「한 정직한 퓨리턴의 좌절」, 『시안』 2003년 겨울호) 등으로 요란 떨면서 과도하게 해석하지 않고 '그냥 눈을 떴다 감는 기술' 정도로 심드렁하게 해석하는 임홍배의 견해는 탁월하다.) 내가 보기에 3연은 임홍배가 「꽃잎 2」를 분석할 때 스치듯 언급한 바 있는 일종의 연극적 상황 혹은 "연극적 제스처"(임홍배, 앞의 글 288면)의 도입으로서, 시인은 여기서 마음 놓고 거의 해방된 심정으로 자유를 이행하듯 다채로운 언어의 주술적 변주를 쏟아놓고 있는 것이다. 그리고 이 주술의 강력한 무기는 물론 그의 시의 정직한 독자들을 당혹시키고 의미의 미로에 갇혀 꼼짝 못하게 하는(김수영에게는 확실히, 의미를 따라잡으려는 그의 성실한 독자들을 의식하고 이를 의도적으로 '교란'하려고 하는 혐의가 있다), 김수영의 예의 그 어떤 율격의 흐름도 거부하는 듯한 자유분방한 도취의 리듬이다. "자연스러운 율독 시행을 의도적으로 분절하거나 이어붙이는, 이른바 행간 엇걸침의 형식과 함께 구사되는" 그의 파격적인 율격은 "구문상의 자연스런 끊김을 거부하고 있기 때문에 그 다음 행이 낭독의 속도를 얻"으며 "독자로 하여금 이 작품을 차분하게 속으로 음미하게 하는 게 아니라, 직접 소리내어 취한 듯 읽게 만든다".(강연호 「단단한 고요, 사랑에 미쳐 날뛸 날」, 『시와 정신』 2003년 겨울호)

독자에게 자기최면을 거는 듯한 3연의 시행을 한번 따라 읽어보라. 1~2연의 차분한 호흡과는 달리 우리는 "임종의 생명"이니 "바위" 같은 의미들을 건성건성 건너뛰어 리듬만으로도 어떤 숨가쁜 절정을 향해 치닫고 있는 듯한 느낌을 받게 되며, 이런 급박한 율격의 흐름은 3연 4행의 "혁명 같고"에서 절정에 이르렀다가 그다음 5행과 6행에서 점점 잦아들다 한 행의 휴지부를 두고 4연 마지막 단행(單行)의 "나중에 떨어져내린 작은 꽃잎 같고"에서 드디어 파문처럼 조용히 잦아든다. 그리고 우리는 여기서 또 하나의 중요한 발견을 할 수 있으니, 그것은 3~4연의 주체가 바로 '바람'이라는 것이다. (물론 임홍배도 앞에서 본 대로 "바위를 무너뜨리는 힘과 꽃의 개화를 매개하는 것은 '바람'"이라고 했다.) 바람은 1~2연에서처럼 "옥수수잎이 흔들리듯 그렇게" 겸허하다가도 3~4연에서처럼 소용돌이를 일으키기도 하는, 가장 자연스런 것이면서 동시에 엄청난 에너지로 화할 수 있는 대상인데, 이에 대한 시인의 새삼스러운 경외 같은 것을 이 시는 전언으로 담고 있다고 할 수 있다.

그러나 나는 이런 상식적인 전언을 읽기 위해 시를 읽지는 않는다. 그렇다고 임홍배의 말처럼 이 시에서 "모든 개체들이 죽음에 이르기까지 저마다의 소명을 다함으로써만 매순간 다시 시작될 역사의 새로운 기점을 환기하는 비장한 울림"(앞의 글 286면) 같은 것을 발견하기 위해서도 아니다. 작품이 주는 전언보다도 교훈보다도 더 중요한 것은 이런저런 과잉해석에 의해 훼손되지 않은, 훼손되기 이전의 날것 그대로의 살아 있는 작품을 만나는 일이며, 매순간 나의 살아 있는 날호흡으로 그것들과 열렬하게 부딪치고 싶은 마음을 간직하는 일이다. (여기서 그것이 살아 있는 작품이라면 반드시 독자의 감성과 정신에 강력한 스파크를 일으킨다.) 그리고 가능하다면 (영원한 희망사항이 되고 말지 모르지만) 살아 있는 시를 더욱 살아 뛰게 하는 '생물 비평'을 만나고 싶은 것이다. 그것이 죽은 김수영의 살아 있는 참뜻이기도 한 것이다.

> 누구한테 머리를 숙일까
> 사람이 아닌 평범한 것에
> 많이는 아니고 조금

이 시의 새로움은 바로 이 "평범"의 발견에 있으며, 사람 아닌 다른 것에 문득 고개를 돌리는, 아니 고개를 숙이고 싶어 하는 시인의 만년의 삶에 대한 뜻밖의 경외를 읽어내는 데에 우리 시 읽기의 핵심이 놓여야 할 것이다.

한편 2연의 "바람의 고개는 자기가 일어서는 줄/모르고" 운운의 행들은 좀더 시인의 치밀한 운산을 거쳐 일년 뒤의 작품인 「풀」의 사유로 이어진다. 그리고 「풀」이야말로 우리의 손쉬운 해석을 거부하는 진짜 '무의미 시'인지도 모른다. 거기서 "풀"과 "바람"은 오태환이 앞의 글에서 적절히 시사했듯 "크나큰 침묵"(김수영 「변한 것과 변하지 않은 것」, 개정판 『김수영 전집』 2, 민음사 2003, 367면. 이하 김수영 산문의 인용은 이 책을 따르고, 글제목과 면수를 적는다)을 안은 채 "세계와 대지의 양극의 긴장 위에 서 있"(「시여, 침을 뱉어라」 399면)기 때문이다.

만년의 거기에 이르는 시적 사유의 단초는 「꽃잎 1」이 열고 있다.

풀이 왜 "비를 몰아오는 동풍에 나부껴" 눕는지 모르듯이 바람 또한 "자기가 가 닿는 언덕을" 모른다. 그리고 흐린 날 풀이 "발목까지/발밑까지" 온전히 눕듯이, 즉 대지와 깊숙이 일체화되듯이, 바람 또한 "거룩한 산에 가 닿기/전에는 즐거움을 모르고" 쉬임없이 불고 불어야 한다. 그것은 풀이 사랑하는, 바람이 껴안아야 하는 자기 운명이고 자기애(自己愛)인 것이다. "거룩한 산"은 어디인가? 그것은 결코 덩치가 '큰 산'만은 아닐 것이다. "도시의 피로"(「사랑의 변주곡」)에서 "사랑"을, 그러나 결코 끓어넘치지는 않는 열렬한 "사랑의 절도"를 배운 김수영은 이제 바람이 "가 닿는 언덕"과 "거룩한 산"을 자기 운명처럼 격렬하게, 조용히 속으로 노래하는 것이다. "대지의 은폐"처럼, "'노래'의 유보(留保)"(「시여, 침을 뱉어라」 399면)처럼.

(2004)

백석 시 다시 읽기

고형진의 『백석 시 바로 읽기』에 대한 촌평

고형진의 『백석 시 바로 읽기』(현대문학 2006, 이하 면수만 표기한다)는 전공자에 의해 씌어진, 아마도 지금까지 나온 백석 시에 관한 해설서 중 가장 충실한 책일 것이다. 백석 시 97편 중 "작품성이 뛰어난"(6면) 60편을 다섯 묶음으로 엮어 편편마다 뛰어난 '작품 해설'을 가하고 있는 이 책은 까다롭기 그지없는 백석 시의 평북 방언을 풀이하기 위해 김영배의 『평안방언연구』(태학사 1997)를 비롯하여 심지어는 대한안경인협회의 『한국안경사대관』(1986)에 이르기까지 무려 57권에 달하는 방대한 선행연구 및 자료들을 망라할 정도로 깊이 있는 '분석'에 도달하려 애쓴 흔적이 역력하다. 그러나 모든 저서가 완벽할 수 없듯이, 이 책 또한 백석 시의 탁월성을 연구자들은 물론 일반 독자들에게까지 널리 알리려는 그 선의로 말미암아 '과잉해석'

내지 사실관계에서의 몇몇 오류들을 드러내고 있다.

당연하게도 모든 시 해석에서 '선의'가 마냥 좋은 결과만을 낳는 것은 아니다. "기본적으로 비연속" 텍스트인 시에 "연속성을 부여하"(최원식 「자력갱생의 시학」, 『창작과비평』 2005년 여름호, 27면)여 매 행, 매 행간을 산문으로 해석하지 않고는 못 배기는 어떤 해석강박증 같은 것에 저자가 매달려 있을 때 과잉해석 내지 시 읽기의 오류가 발생한다. 시란 그 창작과정에서 (무)의도적인 생략 내지 (얌전한 독자들을) 혼란에 빠뜨리는 어떤 비약, 작품 바깥으로의 과감한 도약을 감행하려는 시인의 창조적이고 저돌적인 무모성이 작용하기 마련이다. (특히 고은 시인의 경우! 「향수」라는 최근작에서 그는 "어서 돌아가고 싶다/두 다리에서/네 다리로/두 발에서/네 발로"라고 절규하며, 「무사승(無師僧)」이란 시에서는 "요컨대 시의 본체는 불효막심 불충의 대역부도일 터"라고 단언한다.) 그런데 전문적인 독자에 해당하는 연구자나 비평가는 종종 이 세계를 건너뛰려는 시인의 의식을 알아채지 못하고 그야말로 음전한 독서행위를 감행하여 시 읽기의 창조성을 산문의 영역으로 끌어내리고 마는 의도하지 않은 오류를 범하고 만다. 이 시를 보자.

호박잎에 싸오는 붕어곰은 언제나 맛있었다

부엌에는 빨갛게 질들은 팔(八)모알상이 그 상 우엔 새파란 싸리를

그린 눈알만 한 잔(盞)이 뵈였다

아들아이는 범이라고 장고기를 잘 잡는 앓니가 빠드러진 나와 동갑이었다

울파주 밖에는 장꾼들을 따러와서 엄지의 젖을 빠는 망아지도 있었다

—「주막」 전문

지은이는 "흑백사진처럼 아련하게 인화"(111면)된 시골 주막의 정경을 어린아이의 눈으로 생생히 묘사한 이 명편의 3연을 "여기에 빠드렁니를 지닌 나의 촌스럽고 친근한 용모가 겹치면서"(112면)로 해석한다. 그런데 이 시에서 "앓니가 빠드러진 나"를 글자 그대로 '나'의 용모로 보아서는 안 되고, '아들아이는 범이라고, 장고기를 잘 잡는, 앓니가 빠드러진, 나와 동갑이었다'로 읽어야 한다. 즉 백석은 이 긴 1행 1연의 시에서 쉼표 줄임을 통해 그의 그 늘어진 '겹침 수사'를 구사하여 범이라는 "나와 동갑"인, 잔고기를 잘 잡는 아이를 묘사하고 있는 셈이다. 그중에서도 범이의 인상적인 특징은 바로 이 "앓니가 빠드러진"에 집약되어 있다. 아무것도 아닌 것 같지만 이렇게 쉼표를 생략한 시인의 의도를 간파하는 데에서 시 읽기의 또다른 즐거움을 맛볼 수 있는 것이다. 그리고 조금만 더 유의해 보면 백

석의 이 '겹침 수사'는 그의 시 전편에서 애용되고 있는 아주 익숙한 수사법의 하나이다. 멀리 갈 것도 없이 2연을 이렇게 쉼표를 부여하여 "부엌에는, 빨갛게 질들은 팔모알상이, 그 상 우엔, 새파란 싸리를 그린, 눈알만 한 잔이 뵈였다"로 읽을 때 리듬감도 살아나고 백석의 그 "눈알만 한 잔"에 집중되는 겹침 수사의 맛을 제대로 감상할 수 있는 것이다. 이 겹침 수사의 맛이 여실하게 살아나는 시구는 「여우난골족」에 특히 많은데, 2연의 "얼굴에 별자국이 솜솜 난, 말수와 같이 눈도 껌벅거리는, 하로에 베 한 필을 짠다는, 벌 하나 건너 집엔 복숭아나무가 많은, 신리(新里) 고무, 고무의 딸 이녀(李女), 작은 이녀"(쉼표는 물론 필자가 부여한 것이다)가 그 예이다. 이 시구에서도 수사의 초점은 물론 "신리 고무"이며, 신리 고모의 온갖 특징적인 면모가 이 겹침 수사에서 약여하게 드러날 뿐 아니라 느린 7음보(4음보+3음보)라고도 할 수 있는 백석 시 특유의 운율에 실려 작품의 실감이 한층 강화되고 있다.

『백석 시 바로 읽기』에는 이밖에도 지은이의 농촌생활의 세부에 대한 몰이해가 작품 해석에 그대로 반영되어 '혼란'을 연출하는 몇 장면이 보이는데, "게구멍을 쑤시다 물쿤하고 배암을 잡은 눞의 피 같은 물이끼에 햇볕이 따그웠다"(「하답(夏畓)」 2연)에 대한 다음 해석도 그러하다.

> 논두렁에서 개구리의 뒷다리를 구워먹은 아이들은 이제 2연에서 무논 안으로 들어가 장난치며 논다. 무논 안에서 게를 잡으려고 게구멍을 쑤시는데, 게 대신에 물컹물컹한 뱀이 잡혔을 때의 감촉이 선명하게 그려진다. (134면)

농촌에서의 생활경험이 조금이라도 있는 사람에게 이 해석은 그야말로 웃음을 자아내는데, 아무리 아이들이라 해도 소중한 벼가 자라고 있는 무논 안에 들어가 장난치며 놀 수 없을 뿐 아니라 무논 안에 게구멍은 없으며, 게는 주로 논둑이나 이웃한 개울에 구멍을 파고 숨어 산다. 이어지는 바로 다음 연인 "돌다리에 앉어 날버들치를 먹고 몸을 말리는 아이들은 물총새가 되었다"에 대해서도 "이때의 '돌다리'는 무논의 어느 자리에 듬성듬성 놓여 있는 징검다리일 것이다"(134~35면)라고 추정하는데, 무논의 어느 자리에도 징검다리는 놓일 수 없으며 징검다리 내지 돌다리는 개울을 가로지르는 곳에 놓이는 것이다.

"날버들치를 잡아먹는 아이들의 모습이 물고기를 낚아채는 '물총새'에 비유"되는 "아름다운 자연 속의 풍경화"(135면)인 이 시에 대한 해석이 이렇게 오류 내지 과잉에 흐르고 있는 근본적인 이유는 지은이가 시에 너무 친절하려고 하는 데서 오는 것이기도 하거니와, 무엇보다도 풍경을 그냥 시적 풍경으로 바라보지 않고 제목에 집착하여 1연, 2연, 3연을 하나의 연속된 서사로 보고 이를 '해설'하고야

말겠다는 과잉의욕에서 나온다고 본다. "짝새가 발뿌리에서 닐은 논드렁에서 아이들은 개구리의 뒷다리를 구워먹었다"로 시작되는 이 3연 각 1행의 시는 그야말로 각 연이 독립된 비연속의 (연속적) 서사이지 친절하게 풀어쓴 '산문'이 아닌 것이다.

140면의 「외가집」 4연을 해설한 한 대목에선 "새벽녘엔 그릇을 닦고 아침밥을 준비하기 위해 고방에 쌓아놓았던 식기들을 전부 땅바닥에 늘어놓게 되는데"라는 구절이 있는데, 이 역시 결정적인 오류의 하나이다. 식기들은 고방에 쌓아두는 것이 아니라 부엌의 '살강' 위에 깨끗이 씻어 엎어두었다가 식사 때가 되면 그것을 내려다 쓴다. 그러므로 "새벽녘이면 고방 시렁에 채국채국 얹어둔 모랭이 목판 시루며 함지가 땅바닥에 넘너른히" 운운의 구절은 식사와는 관계없는, 밤새 무슨 일이 일어난 것만 같은 외갓집에 대한 어린아이의 무서운 상상일 뿐이다. 그리고 모랭이, 목판 시루 등속의 나무그릇은 식사용 그릇이 아니다.

이 책에서 가장 정성을 들인 듯한 시어 해석에서도 몇개의 오류가 눈에 띄는데, 「개」에서 "아래웃방성 마을 돌아다니는 사람"은 '낱말 풀이'와는 상관없이 겨울밤 딱따기 같은 것을 치고 다니는 마을의 야경꾼이며, 「미명계(未明界)」에서 "선장 대여가는 장꾼들"의 '선장'은 '선 장터'가 아니라 '이른 장'이고 "자즌닭"은 그냥 '새벽닭'이다.

이 책은 전문연구자에 의해 씌어진 아주 훌륭한 해설서이다. 그러므로 더욱 엄정한 비판이 가해져야 한다고 생각한다. 그런 점에서 이 책의 해설은 좀더 자제되거나 좀더 치밀히 고증되었어야 했다. 가령 다음과 같은 시의 경우다.

아카시아들이 언제 흰 두레방석을 깔았나

어데서 물쿤 개비린내가 온다

—「비」 전문

지은이는 2연의 "개비린내"를 '갯비린내'가 아니라 "비 맞은 개"에서 나는 "특유의 비릿한 냄새"(175면)로 보고 있는데, 이는 명백한 오독이다. 시골 마을의 정취 속에 "비 오는 날의 황토흙 냄새와 섞여 더욱 짙어"(176면)지는 개의 비린내가 없을 순 없겠으나 이 시의 "개비린내"를 그런 식으로 해석해서는 시의 맛도 죽고 상상력도 죽는다. 이 시에서의 "개비린내"는 그야말로 '갯비린내'여야 하며, 그래야 시도 살고 우리의 상상력도 살고 무엇보다도 이 세계가 새롭게 살아나 이 연약한 시 한편이 김수영의 말처럼 "낙숫물로 바위를 뚫을 수 있듯이" "38선을 뚫는"(「시여, 침을 뱉어라」 400면) 기적을 실현할 수 있는 것이다.

(2006)

보론

발표시 지면의 제한으로 약하고 말았으나 「목구(木具)」라는 시에도 몇가지의 오류 내지 잘못된 해석이 보인다. 우선 이 책에서 가장 정성을 들인 시어 해석에서 "말쿠지"는 '말코지' 즉 물건을 걸어두는 나무갈고리로서 "벽에 옷 같은 것을 걸기 위해 박아놓은 큰 나무못"이라는 이동순의 '낱말 풀이'(이동순 엮음 『백석시전집』, 창작과비평사 1987, 196면)가 맞다고 본다. 지은이는 이를 "'말뚝'의 평북 방언"(227면)으로 풀이해놓았는데, 말뚝은 들판 같은 데에 소 같은 가축을 매어두기 위해 한쪽 끝을 삐죽하게 깎아 만든 기둥이나 몽둥이 모양의 것으로 땅에 박도록 되어 있다. 그리고 2연의 "한 해에 멫번 매연지난 먼 조상들의 최방등 제사에는 컴컴한 고방 구석을 나와서 대멀머리에 외얏맹건을 지르터맨 늙은 제관의 손에 정갈히 몸을 씻고"의 해석에서 "매연지난"을 "백석 시에서 '지낸'은 '지난'으로 표기된다"(같은 곳)라고 하면서 '매년 지낸'으로 보고 있는데, 이렇게 되면 시가 '한해에 몇번 매년 지낸 먼 조상들의 최방등 제사에는…'으로 아주 어색해진다. '한해에 몇번 매년 지낸'이란 말은 우선 문법적으로 성립하지도 않을 뿐더러, 지은이의 풀이대로 "시제(時祭)나 기일제(忌日祭) 등 한 해에 몇번씩 매년 제사를 지내는 것을 표현하는 것이다"(같은 곳)라는 말도 마찬가지다. 시제를 한해에 몇번씩 지낸다는 것은 있을 수 없는 일이다. 그러므로 여기서의 "매연지난"은 역시 이동순의 풀이대로 "매연(媒緣)이 지나가다" 즉 "촌수가 떨어지다. 인연이 이미 다하다"(이동순 엮음, 앞의 책 196면) 정도로 해석해야 옳을 듯하다. 그리고 "늙은 제관의 손에 정갈히 몸을 씻고"도 "제사 절차의 강신(降神) 단계로서 분향재배한 이후에 술을 잔에 따라 모사기(茅沙器)에 비우는 것을 말한다"(231면)라는 해석대로 제사 풍속의 구체적 장면을 가리키는 것이라기보다는 그냥 "늙은 제관의 손에" 오랜만에 제기(木具)가 정갈하게 닦인다는 뜻으로 보면 된다.

이밖에도 사소한 것들은 더 있다. 「함주시초(咸州詩抄)」 중 '북관'이란 소제목의 시에서 "이 투박한 북관을 한없이 끼밀고 있노라면/쓸쓸하니 무릎은 꿇어진다"의 "끼밀고"는 지은이의 풀이대로 평북 방언 '깨밀다'의 변형인 '씹다'(249면)가 아니라, 역시 이동순의 풀이대로 "어떤 물건을 끼고 앉아 얼굴 가까이 들이밀고 자세히 보며 느끼다"(이동순 엮음, 앞의 책 191면)가 더 어울린다. 그리고 "북관에 계집은 튼튼하다/북관에 계집은 아름답다"로 시작되는 「절망」이란 시의 해설에서 "어쩌면 이 시의 모델이 된 북관의 계집들은 백석이 가르치고 있었던 여고생들일는지도 모른다. 그렇게 본다면 이 시는 깔끔한 교복을 입은 튼튼하고 아름다운 북관의 여학생들을 보는 것이, 시인의 북관생활에서 유일한 꿈이었는데, 그 여학생들이 졸업하고 그저 억센 아이엄마가 되어 살아가는 모습을 보며 선생으로서 서글프고 절망하는 것을 드러낸 작품으로 볼 수 있다"(292~93면)라고 했는데, 이야말로 거듭 얘기한 대로 과잉해석의 한 예이다. 「석양」에서의 "사나운 즘생" 같은 "장날거리에 녕감들"처럼 북관 지방의 아름답고 튼튼한 "북관에 계집"을 노래한 이 시에서 여고생을 떠올린다는 것은 시의 정서와 어울리지 않으며, "나는 한종일 서러웠다"라는 시의 마지막 표현은 백석 시의 흔한 레토릭으로서 그야말로 수사적인 표현일 뿐, 시의 본뜻은 "흰 저고리에 붉은 길동을 달어/검정치마에 받쳐입은" "즐거운" 북관 처녀들의 건강한 아름다움을 찬양하는 데에 있는 것이다.

또한 「시기(柿崎)의 바다」 3~4연인 "이슥하니 물기에 누굿이 젖은 왕구새자리에서 저녁상을 받은 가슴 앓는 사람은 참치회를 먹지 못하고 눈물겨웠다//어둑한 기슭의 행길에 얼굴이 해쓱한 처녀가 새벽달같이/아 아즈내인데 병인(病人)은 미역 냄새 나는 덧문을 닫고 버러지같이 누었다"의 해설에서 "한 사람은 가슴을 앓고 있어 저녁 식사 때 참치회를 먹지 못하고 눈물겨워하며, 또 한 처녀는 해쓱한 얼굴에 초저녁인데도 문을 닫고 누워 있다"(320면)라고 했는데, "초저녁인데도 문을 닫고 누워 있는" 사람은 "해쓱한 처녀"가 아니라 "병인(病人)" 즉 "참치회를 먹지 못하고 눈물겨"워하는 사람이다.

그리고 「나와 나타샤와 흰 당나귀」에서 그 3~4연인

> 눈은 푹푹 나리고
> 나는 나타샤를 생각하고
> 나타샤가 아니올 리 없다
> 언제 벌써 내 속에 고조곤히 와 이야기한다

산골로 가는 것은 세상한테 지는 것이 아니다
세상 같은 건 더러워 버리는 것이다

눈은 푹푹 나리고
아름다운 나타샤는 나를 사랑하고
어데서 흰 당나귀도 오늘밤이 좋아서 응앙응앙 울을 것이다

에서, 비록 "환상의 공간에서 그녀의 환청을 느끼는 것이다"(345면)라는 지은이의 전제가 있긴 하지만 "산골로 가는 것은 세상한테 지는 것이 아니다/세상 같은 건 더러워 버리는 것이다"를 "그녀의 말" 즉 "나의 아름답고 감미로운 사랑의 청원을 더욱 순수하고 아름답게 만드는 화답"(같은 곳)으로 보고 있는 것 또한 납득이 잘 안 되며, "눈은 푹푹 나리고/아름다운 나타샤는 나를 사랑하고"를 "그리하여 마지막 4연에 와서는 아름다운 나타샤가 나를 사랑한다고 말한다"(345면)라고 단정하는 것 역시 좀 지나친 해석이라고 본다. 3연 5~6행의 말은 그냥 화자인 '나'의 시적 독백일 뿐이며, 마지막 연 1~2행 역시 그냥 상상 속의 '나'의 사랑의 다짐인 것이다.

마지막으로 「정문촌(旌門村)」의 해설에 대한 나의 짧은 소견을 피력하는 것으로 이 글을 마감하고자 한다. 지은이는 "'정문(旌門)'이란 충신, 효자, 열녀 등을 표창하기 위해 그 집 앞에 세우던 붉은 문이다. '정문촌'은 그런 정문이 있는 마을이라는 뜻이다"(75면)라는

전제 아래 이 1~5연의 시를 해석할 때마다 '정문'과 '정문집'이 맞붙어 있는 것으로 보고 이 시의 1~2연은 정문에 대한 묘사, 3~4연은 "정문집에 대한 묘사로 보는 것이 자연스럽다"(77면)라고 한다. 그런데 이는 1연 단행(單行)의 표현인 "주홍칠이 날은 정문(旌門)이 하나 마을 어구에 있었다"에 대한 무심한 간과에서 비롯된 것으로 보인다. 필자가 아는 한 모든 정문은 "그 집 앞에" 있는 것이 아니라 "마을 어구"에 외따로 있으며, 정문의 주인(이 시에서는 효자 노적지盧迪之)를 배출한 정문집은 정문에 잇대어 있는 것이 아니라 동네 안에 있거나 (퇴락하거나 소멸하여) 없을 수도 있다. 이는 이 시의 5연인 "정문집 가난이는 열다섯에/늙은 말꾼한테 시집을 갔겄다"에 집착하여 생긴 착각일 수도 있으리라 보는데, 효자를 배출한 집안의 후손의 몰락이 이렇게 자심한데 정문집이 마을 안에 아직 있으리라고 나는 생각지 않는다. 그러므로 3~4연의 묘사는 당연히 정문에 관한 묘사일 뿐 정문집에 대한 것이 아니다. 그리고 이건 상식에 속하는 것인데, 아카시아는 마을 어귀의 언덕이나 산 중턱에서 자라는 나무이지 동네 안에는 거의 없으며(주로 척박한 땅에 사방砂防 용도로 이 나무를 많이 심는다), 그러므로 "꿀벌들이 많이 날어드는 아츰/구신은 없고 부헝이가 담벽을 띠쫗고 죽었다"의 "담벽" 또한 정문의 담벽이어야 어울리며, "기왓골에 배암이 푸르스름히 빛난 달밤이 있었다/아이들은 쪽재피같이 먼길을 돌았다"의 대상도 정문집이 아니라 정문이라야 맞는다. 부엉이가 날아와 "담벽을 띠쫗고 죽"

은 집을 그대로 방치하는 동네는 거의 없으며, 여기의 "기왓골"도 배암이 스며들 정도로 외진 곳에 있음을 알아야 하며, 그래서 아이들은 "먼길을 돌"아 여기를 피해 가는 것이다. 그러므로 5연에 제시된 것 같은 정문집의 몰락은 이미 완결된 것으로 보아야지 산문을 해석하듯 이 시의 해설에 억지로 갖다붙일 일은 아니다. 1~2연, 3~4연과 상관없이 이 5연은 그냥 한 효자 가문의 쓸쓸한 쇠락을 췌언처럼 덧붙여 상기시킴으로써 이 시의 비극적 정황을 한층 강화하는 데에 기여하고 있을 뿐인 것이다.

(2006)

고은의 『만인보』가 이룬 것과 잃은 것

고은의 『만인보』 1~3권이 간행된 지 올해로 만 20년을 맞았다(1986.11.25. 초판 발행). 단행본 시집인 『남과 북』(2000)과 함께 아마도 그의 대표적 저작으로 기록될 이 연작시집 1~3권은 "우선 내 어린 시절의 기초환경으로부터 나아간다"(「작자의 말」, 초판 1권 4면. 이하 초판을 기준으로 했다)라는 다짐과 함께 앞으로 30여권으로 마무리될(지금까지 23권이 나왔다) 대작의 그야말로 기초가 되는 작품들인데다가 누구나 고은의 『만인보』를 얘기할 때마다 이 1~3권을 으뜸으로 치고 있어 과연 '명불허전'인지 명실이 상치하는지를 한번 따져보고 싶은 비평적 욕망의 대상이 되기에 충분한 조건을 갖추고 있다.

20년의 세월을 견디며 작품으로서의 눈부신 성취의 시간을 살고 있는 작품들은 대략 다음과 같다. 1권에서 「머슴 대길이」 「대바구니

장수」「대기 왕고모」「삼거리 주막」「재학이 아저씨 손가락」「방앗간집 며느리들」「딸그마니네」「소도둑」 그리고 「선제리 아낙네들」이었고, 2권에서는 「대보름 뒤」「안부」「가사메댁」「재술이네 헛청」「개사리 개장수」「영감마누라」「새터 한서울댁」「좋은 날」, 그리고 3권에서는 「외할머니 단짝」「옥남이 어머니」「턱점백이」「갈퀴손」「소반장수」「귀녀」「병만이 아버지」「논두렁」「개똥벌레」. 한권에서 대략 8,9편씩이니 이 정도의 시적 성취로도 대작 『만인보』의 출발은 성공적이었다고도 할 수 있다. 그러나 다른 한편으로 101편씩이나 실린 각권에서 여기에 뽑히지 못한 나머지 작품들을 생각해보면 그 '다산성'에 비해 그다지 특출한 성공을 거두었다고 할 수도 없다. 물론 한편의 탁발한 시가 시집 한권을 압도하여 나머지 작품들의 범박성을 가릴 수도 있다. 그러나 비슷비슷한 시들의 되풀이 내지 앞의 작품들의 모방이 결코 대작이 갖춰야 할 미덕이라고 추켜세울 수는 없다.

앞에 거론한 작품들 중에서도 『만인보』를 대표할 단 한편만을 고르라고 한다면 나는 기꺼이 「선제리 아낙네들」을 들고 싶은데, 이 작품은 시적 화자의 걸쭉한 해학과 풍자 그리고 송곳처럼 찌르는 '입말' 평이 곁들인 인물 묘사가 주류를 이루고 있는 다른 작품들과는 달리 "인물이 자기의 삶을 증언"(유희석 「시와 시대, 그리고 인간」, 『창작과비평』 2005년 여름호, 100면)하고 있는, 『만인보』로서는 좀 예외적인 작품이다.

먹밤중 한밤중 새터 중뜸 개들이 시끌짝하게 짖어댄다
이 개 짖으니 저 개도 짖어
들 건너 갈뫼 개까지 덩달아 짖어댄다
이런 개 짖는 소리 사이로
언뜻언뜻 까 여 다 여 따위 말끝이 들린다
밤 기러기 드높게 날며
추운 땅으로 떨어뜨리는 소리하고 남이 아니다
앞서거니 뒤서거니 의좋은 그 소리하고 남이 아니다

—「선제리 아낙네들」 부분

"콩밭 김치거리/아쉬울 때 마늘 한 접 이고 가서/군산 묵은 장 가서 팔고 오는 선제리 아낙네들"이 "시오릿길 한밤중"을 지나가는 모습을 소리로만 듣고 그리고 있는 이 시는 『만인보』 중에서도 그 표현이 가장 절제되어 있으며, 화자의 개입이 억지스럽지가 않고(좀 익살스럽게 표현하면 '고은스럽지가' 않고) 작품 속에 자연스럽게 녹아 있다.

빈 광주리야 가볍지만
빈 배 요기도 못하고 오죽이나 가벼울까
그래도 이 고생 혼자 하는 게 아니라

못난 백성
못난 아낙네 끼리끼리 나누는 고생이라
얼마나 의좋은 한세상이더냐
그들의 말소리에 익숙한지
어느새 개 짖는 소리 뜸해지고
밤은 내가 밤이다 하고 말하려는 듯 어둠이 눈을 멀뚱거린다

—「선제리 아낙네들」 부분

개 짖는 소리에 이어 사람들의 "까 여 다 여" 등의 말끝이 어우러지며 한밤중 길 가는 아낙네들의 의좋은 한 장면이 그야말로 생생한 시적 풍경으로 살아나고 있는 이 시는 "밤 기러기 드높게 날며/추운 땅으로 떨어뜨리는 소리하고 남이 아니다" 같은 훌륭한 비유도 살아 있지만, 마지막 행 "밤은 내가 밤이다 하고 말하려는 듯 어둠이 눈을 멀뚱거린다"와 같은 득의의 표현은 작품의 실감을 한층 강화해줌으로써 이 작품을 『만인보』 최량의 반열에 올려놓는다.

그런가 하면 『만인보』에는 시인의 "착심(着心)"(백낙청 「발문」, 3권 184면)이 완강하여 「관묵이 아저씨」(1권) 「조필우 부자」(2권) 「굼벵이 새끼」(3권) 같은 시에서 보듯 작의의 노출이 심한 태작이 상당수 포함되어 있는데, 특히 작품의 군데군데에 삽화처럼 끼어 있는 역사적 인물이나 불교의 고승, 조선시대 성리학자, 나라의 독립과 해방을 위해 싸운 열사들을 그린 시들(1권의 「곽낙원」 「혈의 누」 「김성

숙」「임제」에서부터 2권의 「이황」「을지문덕」「김부식」「화엄 의상」「화양서원」「김구」, 3권의 「유대치」「자장」「진표」「백광운」「두문동」「늙은 혁명가 결결중상」 등 일일이 헤아릴 수 없을 정도로 많다)이 그러하다. 이는 황종연에 의해서, 고은은 '자아의 새로운 타자'를 추구하는 것이 아니며 "『만인보』의 시적 자아를 근대적 자아의 관점에서 말하자면 (…) 민족 또는 민중이라는 집합적 실재와의 일치를 통해 확대를 꿈꾸는 자아이다. 민주주의 시대에 '만인'의 경험을 자기의 자산으로 만듦으로써 그는 정치적으로, 사회적으로 유력한 주체가 된다. 그에게 가장 합당한 호칭은 민족의 대표자 또는 민중의 대표자이다"(「민주화 이후의 정치와 문학」, 『문학동네』 2004년 겨울호, 405면)라고 혹독하게 비판받은 바 있다. 황종연의 비판이 다 옳은 것은 아니지만 그의 말대로 "『만인보』에 담긴 '만인'은 그 인간 중생에 대한 인정의 표시에도 불구하고 안심하고 수긍할 만한 민주사회의 비전"(같은 글 404면)이 아닌 것만은 분명해 보인다. 특히, 황종연도 예를 들었지만, 「고주몽」(1권) 같은 시의 민족지상주의적 정체성을 연상시키는 다음과 같은 발언이 그러하다.

가라
가서 네 나라를 세워라

한밤중 어머니는 아들을 보냈다

아 아들을 붙들지 않는 어머니여 벼랑이여

졸본 땅 비류수 기슭에 세운 나라여

이 땅의 아들이거든
아들이여
가서 네 나라의 말로 말하라
아버지를 버려라
아버지를 버려라
아버지의 성을 버리고 네 성을 칭하라

—「고주몽」 부분

시에서의 발언을 현실에서의 발언으로 등치하거나 확대해석할 필요는 없다 할지라도 저와 같은 단언은 확실히 2000년대의 시점에서 보면 낡은 관점임이 틀림없어 보이며, 시적 상상력 또한 협소하기 이를 데 없다. 또한 만인 "각자의 존엄에 대한 승인"(같은 글 400면)과는 거리가 먼 듯한 그의 민중주의는 가난을 다룬 「진달래」(1권) 「쌍둥이 어머니」(2권) 「은석이 누이」(3권) 「기백이 마누라」(3권) 「종달새」(3권) 같은 시에서도 작심하고 관철되어 열린 '자아의 새로운 타자' 발견에는 미치지 못하고 있다.

그러나 백낙청의 지적처럼 그 "서사적 풍요"성이 "차라리 소설문학의 성취를 떠올"(「발문」 184면)리게 하는 『만인보』에는 이 모든 단점들을 제치고도 남을 만한 "짧은 시로서의 개별적 생명"(백낙청 「통일운동과 문학」, 『민족문학의 새 단계』, 창작과비평사 1990, 104면)을 자랑하는 놀라운 작품들이 많다. 이에 대한 평가는 물론 "'만인들'이 시인의 손을 떠나 독자적인 존재로 얼마나 살아 있느냐"(유희석, 앞의 글 99면)에서 갈린다. 그러한 작품으로 나는 「대기 왕고모」(1권)와 「딸그마니네」(1권)를 들고 싶다. "할머니 죽은 날" "들길로 시오릿길 대기마을에서" "길 가득"히 채우며 나타나선 사설처럼 푸념처럼 "나하고 회현장에서 만나/국수가 오래 불어터져서 우동 된 놈 사 먹"은 일등 죽은 올케와의 온갖 추억담을 늘어놓으며 서럽게 울어제끼던 이 「대기 왕고모」는 작품의 후반부에 가서 돌연히 "콧물 한번 훑어내고 문득 뒤돌아다보더니/거기에 송말에서 시집온 재종동생의 댁 보고는/이제까지의 청승 다 어디 갔나 싶게" "아이고 송말사람/자네 얼굴 한번 환하네그려/애들 잘 크지/논 한 배미 또 사들였다며" 운운하면서 "한판 판소리"를 늘어놓는 극적 장면을 연출하면서 다음과 같은 화자의 짧고 구수한 입말로 막음하는 명작이다.

> 참 초상집 이런 아낙 들어서야 그나마
> 술맛 있고 사자밥 밥맛 있지
> 안 그런가

딸만 내리 넷을 낳았다고 "홧술 먹고" 온 남편한테 머리끄덩이 잡힌 채 끌려나가다가 "삭은 울바자 다 쓰러뜨리고 나서야/엉엉엉 우는" 집안이지만 "고추장맛 하나/어찌 그리 기막히게 단지" 동네 아낙들 우물가 입담에서 "그 집 고추장은 고추잠자리하고/딸그마니 어머니하고 함께 담는다고" 소문났는데, 어느날 "순철이 어머니 몰래 들어가/그 집 고추장 한 대접 떠가다가/목물하는 그 집 딸 덕순이 육덕에 탄복하여" "아이고 순철아 너 동네장가로 덕순이 데려다 살아라/세상에는 그런 년 흐벅진 년 처음 보았구나"라는 다소 엉뚱한 시적 반전으로 끝나는 「딸그마니네」는, 그야말로 시인의 생동하는 육담이 한치의 어긋남도 없이 적확한 인물 묘사에 딱 맞아떨어지는 보기 드문 '시적 경지'를 실연으로 보여주고 있는 작품이다.

『만인보』는 15권까지를 출간하고는 한참을 쉬었다가 7년 만에 16~20권을 내놓고 다시 이태 만에 21~23권을 보태었다. 그가 기약한 '대장정'의 큰 고개를 거의 다 넘어온 셈이다. 1~3권과 16~20권 사이의 기간은 무려 18년이다. 시대적 배경 또한 1930년대와 40년대 초, 중반 어린 시절의 기초환경에서 훌쩍 나아와 시인의 나이가 성년에 이른 50년대와 60년대이다. 특히 1950~53년의 한국전쟁을 다루고 있는 『만인보』 16~20권은 아마도 전체 『만인보』의 압권에 해당한다고 해도 과언이 아닐 만큼 그 스케일이 크고 내용 또한 파란만장하며 묘사는 냉엄하기 이를 데 없다. 유희석에 의해 일차 독해가 가해진 바 있으나 고은의 이 한국전쟁 시편들은 별도의 더 많은 비평적 성찰이 필요한 방대하며 치밀하고 변화무쌍한 업적이다. 그중의 한편만 봐도 우선 1~3권의 '만인'과 이 '만인'의 차이는 엄청나다.

전쟁이 났다 한다
서울놈들
울며불며 도망치느라고 야단이라 한다
부자놈들 돈자루 메고 이리 갈까 저리 갈까 야단이라 한다

소 풀 뜯기러
버들방천에 나온 장도셉이
그런 전쟁 소식에 벌떡 고추 서서 힘이 났다

(…)

억울하고 또 억울한 신세
지겨운 신세
아무런 가망도 없는 신세
머슴 장도셉이
풀밭에 앉았다가 일어섰다 또 앉았다가 일어섰다
이제 내 세상 온다

풍덩 냇물에 들어가 가라앉은 냇물 잔뜩 휘저어놓았다

물 속에서 고추가 뻣뻣했다

—「머슴 장도셉이」(17권) 부분

시대의 변화와 함께 변화하는 '만인'들. 이들에 대한 정밀한 분석이 필요한 시점인 것이다. 그런데 이 다섯권에 묶인 시만 719편이다. (4·19혁명으로 촉발되는 60년대를 다룬 21~23권에 묶인 시들의 총 편수는 416편. 그러므로 1권부터 23권까지 수록된 시는 모두 2,890편이다.) 비평가의 접근을 어렵게 만드는 시인의 이 엄청난 다산성을 어떻게 봐야 할까? 백낙청의 말대로 "1천여 편〔1990년 기준〕의 시들이 하나같이 팽팽한 긴장을 유지하기란 바랄 수 없는 일"이며 "그러나 이렇게 모여서 도도한 하나의 흐름을 형성하는 데 성공하고 나면, 더러 묘미가 덜한 시도 큰 흐름의 높낮이를 타면서 무리없이 어울려들고 '소설처럼' 부담없이 읽히는 데 기여하기도"(「'만인보'에 관하여」, 앞의 책 271면) 하겠지만, 솔직히 말해서 이 16~20권에 묶인 시들엔 조금만 더 절제되었으면 하는, 앞의 작품을 복제한 듯한 비슷비슷한 것들이 너무 많다(21~23권에도 이런 지적은 물론 유효하다). 나는 이것을 『만인보』가 가장 크게 잃은 것들 중의 하나라고 본다. 보다 많은 작품들에 의해서만이 그 시대상이 온전히 드러나는 것은 아니다. 특히 시의 경우에는 어느 뛰어난 한편이 변화하는 만인의 실상을 더 환히 드러내기도 한다. 그런 점에서 나는 언젠가 고은에 의해서 '자선 만인보'가 새롭게 엮이기를 기대해본다. 그것이 또 몇권이나 될지는 모르지만.

(2006)

보론

『만인보』 4~6권 327편은 1~3권이 나온 2년 후인 1988년에, 7~9권 397편은 바로 다음해인 1989년에 간행되었으며, 70년대를 다룬 10~12권 345편은 7년 만인 1996년에, 13~15권 383편은 또 바로 이듬해인 1997년에 연달아 간행되었다. 그리고 이미 살펴본 대로 또 한참 만인 7년 후 2004년에 16~20권 719편, 2년 후인 2006년에 21~23권 416편을 펴낸다. 그런데 이 간행 시기를 살펴보면 어떤 싸이클 같은 것이 있는데, 유희석도 이 점에 유의하여 "『만인보』는 특정한 주제의식으로 씌어진 단일 텍스트이지만 시시각각 변하는 국면에 대응한 작품'들'의 성격도 아울러 띠기 때문에, 해당 시대를 염두에 두고 묶음별로 읽는 것도 적절하지 않을까 싶다"(앞의 글 91면) 라고 하면서 다음과 같은 분류를 서슴지 않았다.

> 그런 뜻에서 1~9권과 10~15권을 각각 1980년대 『만인보』와 1990년대 『만인보』로 분류해볼 수 있겠다. 그럴 경우 2004년의 16~20권은 어디에 더 가까운가, 또는 80년대 및 90년대 모두와 얼마나

창조적으로 결별했는가 하는 물음도 부수적으로 생긴다. 80년대 『만인보』의 성취는 인간의 약분불가한 개별성을 이념적 도상(圖像)으로 흡수한 당대 민족·민중문학의 허와 실을 비판적으로 따져보게 하는 데 있지 않은가 한다. 90년대 『만인보』는 유신정권의 철권통치에 음양으로 저항한 시대적 인물들을 '만인'의 주인공으로 채택함으로써 세기말 소위 포스트 담론들의 부황든 실상을 되짚어보도록 한다. 앞서 언급했다시피 두 『만인보』가 시대의 대세에 대한 '응전'의 성격이 강하다는 말이다. 그런 맥락에서 6·25전쟁을 전면적으로 다룬 16~20권을 남북의 평화공존 가능성이 새롭게 열린—그 점에서 80년대 및 90년대와도 확연히 다른—2000년대의 상황에 비추어보는 동시에 그것으로 완전히 환원될 수 없는 시적 성취도 엄밀하게 가늠해야 할 것이다. (…) 이 대목에서 일단 '제3의 『만인보』'라는 화두를 걸어볼 만하다. (같은 곳)

사실 1~3권에 이은 4~6권, 7~9권은 무대도 그의 생장지인 옥구와 군산, 그리고 '탁류'인 금강 건너 충청도의 장항과 대천 인근을 벗어나지 않을뿐더러 (더러는 한국전쟁의 흔적이 없지 않으나) 아직은 30,40년대 내지 한국전쟁으로 인해 해체되기 직전 50년대 초의 농촌공동체가 시적 모사(模寫)의 기반이다. 통틀어 4~9권에도 유희석의 말처럼 "형사(形似)와 신운(神韻) 모두"(같은 글 92면)가 살아 있는, "비루한 존재들에게 인간적 존엄을 제대로 부여한"(같은 곳)

시들이 적지 않다. 그가 상찬해 마지않는 「상놈 달봉이」(4권)도 "시선과 목소리가 복합적으로 동시에 작동하는 날래고 익살스런 시편"(같은 글 96면) 중의 하나이지만 「김세규 서모」(6권) 같은 작품은 시와 인륜 도덕 사이의 '아슬아슬한 경계'를 허물면서 어떤 극점에 서 있는, 신운이 서린 '그 무엇'이다.

전실자식 세규 열다섯살 때
후살이 시집와서
3,4년 살아오는데
그렇게도 미워하던 세규 마음 홱 돌아서
이번에는
세규 열아홉 때
젊은 서모를 사모하게 되었구나
큰일났구나
아버지 소 풀 뜯기러 나간 뒤
세규 눈에서 불나며
새어머니!
하고 몸집 조그마하고
늘 자늑자늑한 서모를 껴안아버렸구나
눈 딱 감고
숨막혀

(…)

그 뒤 아무 일 없는 듯이 살아가는데
말하자면 한 지붕 아래
두 임 섬기고 살아가는데

세규 스무살 넘어
장가들이려 해도
세규 끝내 장가가지 않겠다고
쇠스랑으로 마당 찍어버렸다

아버지 나 장가 안 가요 안 가

다음해 6·25가 났다
세규 입대하여 돌아오지 않았다
전사 통지서밖에

세규 서모 아니 세규 애인 아무 일 없는 듯 살아갔다
어디 사랑할 줄이나 알겠는가 슬퍼할 줄이나 알겠는가

—「김세규 서모」 부분

이 숨막히는 사랑을 무엇이라 명명할 수 있겠는가? 오로지 고은 시에서만이 가능한 그 무엇이라고 할밖에. 같은 권에 실린 「전대복이」 또한 이문구의 소설 『관촌수필』 속 인물들을 능가할 만큼 살아 있는 민중상이다.

옥정골 전대복이 신세 안 진 사람 없다
물난리 나면
업어서 물 건네주고
병나면
서문밖 침쟁이 달려가 불러오고
군산 가서
큰 장 보아오는데
그 장짐 받아오고

늙은 총각이라
장가갈 생각 아예 없다
늘 중의 한쪽 걷어올리고
맨발로 험한 데 잘도 오르내린다

겨울에나 헌 짚신 신건만

맨발이기는 마찬가지다
그래도 워낙 두꺼운 살갗이라
맨발이 버선발이요 신발이라

말술 마시고도
취한 적 없는 대복이
부잣집 지붕 잇다가 떨어져도
아무렇지 않은 듯
다시 지붕 오르는 대복이

그러나 그 마음속 깊이 얼마나
얼음 들고 멍들었을까
아무도 모르게 뒷간에 앉아
얼마나 울음 들었을까

—「전대복이」 전문

아마도 4~9권 중 최고의 '민중시'(지금은 너무나 낡은 말이 되어버렸지만)로 대접받아 마땅한 이 시는 우선 『만인보』의 단점으로 자주 거론되는 '사설들'(윤영천 「인물시의 새로운 가능성」, 『고은 문학의 세계』, 창작과비평사 1993, 196면. 여기서 윤영천은 "전체적으로 볼 때 『만인보』 시편들은 필요 이상으로 사설적인 것이 흠"이라고 했다)이 싹 가셔 있을뿐더러 "시적

밀도"(유희석, 앞의 글 94면)가 촘촘하고 팽팽하며 인물에 대한 소묘 또한 어떤 망설임도 없이 시원스러워서 작품 바깥으로 "중의 한쪽 걷어올"린 그가 펄펄 살아서 걸어나올 것만 같으다. 그리고 개개 시편마다 들어가기 마련인 시인의 '인물평'은 또 얼마나 단순한가. "그러나 그 마음속 깊이 얼마나/얼음 들고 멍들었을까/아무도 모르게 뒷간에 앉아/얼마나 울음 들었을까". 소설적 성취와는 또다른, 그야말로 고은 시의 사무사(思無邪)한 성취를 보는 듯하다. 이와는 달리 「나물장수 성산댁」(8권)은 그 왁자지껄한 사설부터가 마치 장마당의 판소리 가락을 연상시킨다.

봄이 왔다 하면
성산댁 나물 캐는 시절이고
성산댁 나오면
그게 봄이라
참냉이 황새냉이
국수댕이
벌금자리
고갱이 따내고 먹는 지칭개
지칭개 사촌 방가지나물
어인 일인지 올해 씀바귀는 드물구나
축축한 데 돌미나리

쇠스랑개비

미나리아재비

푸석푸석 언 땅 풀린 데 고들빼기

민들레 한두 뿌리

그놈하구서는

그놈 어여쁜 달래야 달래야

저만치 혼자 잘난 무릇도 제격이라

이렇게 남의 밭 남의 밭두렁

천하 공짜로 캔 나물

아기구럭에 한 짐

큰 소쿠리에 가득 한 짐

등에 지고

머리에 이고

그 길로 판교역에서

내려오는 완행 타고

장항역에서 내려

강 건너 군산으로 간다

—「나물장수 성산댁」 부분

이렇게 "군산 묵은 장 먼 일가 가게에 가/나물 씻어/한 무더기씩 향긋한 내음새 넘기고 나면/몸뻬 속주머니에 종이돈깨나 구겨담겨/

그놈 차곡차곡 개어 세어보면/얼씨구 기백 원이라/우선 봄 양식 얼마 팔고/둘째 셋째놈 월사금 내고/이것 저것 머리속에서/돈 쓸 데 뼁그르 챙겨보며/어둠 속 막배 타고 건너간다/속에 떡 하나 넣지 않아도 시장한 줄" 모른 채 "대천 홍성 가는 밤 완행 타고/장항 떠나/어느새 판교에 내려/집으로" 가는데, "큰놈 6학년짜리가/제법 제 아비 타겨/네모 유리등불 들고/마을 앞까지 나와/인제나 오나/인제나 오나/어머니 기다리다가//행모야/준모야/봉모 잘 놀았느냐/하는 어둠 속 어머니의 힘찬 목소리"!

어느 한 구절 버릴 것도 덧붙일 것도 없이 꽉 찬 시다. 그리고 시인의 이런 의뭉스러운 '개입'마저도.

> 건넛마을 개 짖고 나자
> 그 집 강아지도 덩달아 깽깽거린다

그러나 『만인보』 4~9권이 모두 이처럼 훌륭한 성취만을 보여주는 것은 물론 아니다. 앞에서 '사설들'을 고은 시의 단점으로 지적했지만, 이보다 큰 결정적인 흠은 작품들마다 너무나 강력한 화자(내지 시인)의 권력이 지칠 줄 모르게 관철되고 있다는 점이다. 그것은 주로 대상 인물에 대한 호오(好惡)가 분명한 시인의 선입견으로 작용하여 다음과 같은 범작 내지 태작들을 낳는데, 문제는 이런 태작들의 연속이 좀처럼 중단될 줄 모른다는 점이다. 이는 유희석이 지적한 "이야기를 담은 인물시 특유의 극적 긴장을 유장하게 잇는 전술"로서의 "『만인보』 형식의 무정형성이 안고 있는 문제"(앞의 글 94면)보다 더 심각한 것이다.

제가 무슨 이승만 박사라고

보령 군수 이민규
팔자 구레나룻에 금시곗줄 내린 가슴
군수실에는
자필로 쓴 두루마리 한 폭
경천애인이라

제가 무슨 각하라고

(…)

제가 무슨 자유당 총재라고
하기야 그 대통령에 그 군수 딱 들어맞지
맞구말구

—「보령 군수」(8권) 부분

여기에 무슨 '시'가 있는가? "지프차 타고 가다가/운전수더러/스토뿌!/하고 차 세우고 내려서서" 위세하는 초라한 보령 군수가 있을 뿐이며, 이를 소묘하는 시인의 '폭력'에 가까운 앙상한 인물평만이 있을 뿐이다. 「윤덕산」「덕산이 마누라」「그 움집」 등 같은 권에 연속적으로 이어지는 작품들의 이 '무한 집적'을 어떻게 봐야 할 것인가? 「창덕이 마누라」 같은 시가 도대체 왜 필요할까? 1~3권이 그러했던 것처럼 4~9권도 자제력을 잃고 있다고 말할 수박에 없을 것 같다. 나는 그의 시가 '만인' 앞에 겸허하지 못할 바에야 차라리 「김명국」(20권) 같은 "몽롱이 큰 지혜"인 "취옹"의 "활발발한" 지경에 이르기를 기원해본다. 그의 시에 이미 그 답이 들어 있다. 우리가 보고 싶은 것은 "저 모서리들 펄펄 살아나는" "화풍 절정"의 "광태파(狂態派)" 시, 즉 시인의 입김으로부터도 벗어나 그 자체로 살아 있는 기운생동하는 '작품'인 것이다.

몽롱이 큰 지혜라
취한 영험
취옹 김명국의 취한 붓
갈기 선다

들말 갈기 모아 만든 붓
억세고 거친 붓

산마필(山馬筆) 휘갈겨

활발발한「달마도」좀 봐라

굼떠 꾀하지 마
이리저리
잔머리 굴리지 마
손재주 나부랭이 믿지 마
괜히 숙연하지 마
뒷마당에 개뼈 숨지 마

나와
벌거숭이로 나와

임진 정유 왜란 뒤
통신사로 일본 가면
그림 청에 못 이겨 잠을 자지 못했다
돌아오는 뱃전
몸 다 젖는 파도소리로 잠들었다

호방하다 넉살 좋다

취하지 않으면 붓 들지 않는다

광태파(狂態派) 화풍 절정

흑 보아

백 좀 보아

저 모서리들 펄펄 살아나는 것 보아

초조 달마 오늘 뛰쳐나와

회오리친다

달마가 나인가

내가 달마인가 어떤 놈의 허깨비인가

—「김명국」 전문

(2006)

1970년대의 시
신경림과 김지하 시를 중심으로

1

70년대를 대표하는 시인들이 여럿 있지만 『농무』(1973년 초판, 1975년 증보판)의 신경림과 『타는 목마름으로』(1982)의 김지하만큼 70년대의 현실을 집약적으로 표현해준 시인은 없을 것이다. 가령 다음과 같은 한편의 시가 발표되었을 때 한국시는 비로소 신동엽·김수영으로 대표되던 60년대를 역사적으로 '청산'할 수 있었던 것이다.

> 우리는 협동조합 방앗간 뒷방에 모여
> 묵내기 화투를 치고
> 내일은 장날. 장꾼들은 왁자지껄

주막집 뜰에서 눈을 턴다.
들과 산은 온통 새하얗구나. 눈은
펑펑 쏟아지는데
쌀값 비료값 얘기가 나오고
선생이 된 면장 딸 얘기가 나오고.
서울로 식모살이 간 분이는
아기를 뱄다더라. 어떡헐거나.
술에라도 취해볼거나. 술집 색시
싸구려 분 냄새라도 맡아볼거나.
우리의 슬픔을 아는 것은 우리뿐.
올해는 닭이라도 쳐볼거나.
겨울밤은 길어 묵을 먹고.
술을 마시고 물세 시비를 하고
색시 젓갈 장단에 유행가를 부르고
이발소집 신랑을 다루러
보리밭을 질러가면 세상은 온통
하얗구나. 눈이여 쌓여
지붕을 덮어다오 우리를 파묻어다오.
오종대 뒤에 치마를 둘러쓰고
숨은 저 계집들한테
연애편지라도 띄워볼거나. 우리의

괴로움을 아는 것은 우리뿐.

올해에는 돼지라도 먹여볼거나.

—「겨울밤」 전문

이 시는 그 가락이며 내용이 김수영과는 애초부터 다르며 신동엽과도 완연히 다르다. 김수영이 주로 도회적인 지식인의 관점으로 동시대의 자유와 양심을 노래했다면, 신경림의 이 시는 화자부터가 '민중'이며 철저히 민중적인 관점에 서서 오늘을 사는 자신들의 왁자지껄한 내용을 담고 있는 것이다. 시 자체의 분위기도 내용처럼 왁자지껄한 활기로 가득 차 있으며, 단편소설처럼 세세한 이야기를 담고 있음에도 불구하고 엄격한 리듬의 규율 아래 놓여 그 많은 이야기들이 '산문'으로 떨어지지 않고 '시'로 승화되어 있다. 시 전체가 수많은 사연들로 꽉 차 있으면서도 매끄러운 리듬의 규율 아래 각각의 이야기들은 이야기들대로 빛나면서 강한 시적 울림을 준다. 즉 내용과 형식이 스스로 꽉 차 있는 것이다. "작품의 각 부분이 주는 기쁨과 그 전체에서 얻는 기쁨이 혼연일체를 이루는 것이 곧 시라는 코울리지의 정의를 따른다면"(백낙청 「리얼리즘에 관하여」, 『민족문학과 세계문학 II』, 창작과비평사 1985, 384면) 「겨울밤」이야말로 수많은 산문을 도입하고 있음에도 글자 그대로 '시'인 것이다.

물론 이 시의 이러한 내용과 형식의 예술적 성취에 앞서 먼저 논의해야 할 것이 이 시가 지니는 시사적(詩史的) 의미일 것이다. 왜냐

하면 이 시로부터 한국시는 '시의 민중현실 발견'이라는, 이후 신경림 자신의 지난한 시적 과제이자 70년대 모든 시인의 벅찬 역사적 과제를 제기하고 있기 때문이다. 60년대의 김수영이나 신동엽에게서 '민중'이 발견되지 않는 것은 아니다. 그러나 이 시에서처럼 전면적으로 민중이 등장했던 것은 아니다. 김수영의 다음 시를 보자.

무식한 사랑이 여기 있구나
무식한 여자가 여기 있구나
평안도 기생이 여기 있구나
만주에서 해방을 겪고
평양에 있다가 인천에 와서
6·25 때에 남편을 잃고 큰아이는 죽고
남은 계집애 둘을 데리고
재전락한 여자가 여기 있구나
시대의 여자가 여기 있구나
  한잔 더 주게 한잔 더 주게
  그런데 여자는 술을 안 따른다
    건너편 친구가 내는 외상술이니까

—「만주의 여자」 부분

"뚱뚱해진 몸집하고 푸르스름해진 눈자위가 아무리 보아도 설어"

보이는 "서울의 다방 건너 막걸리집에서" "18년만에 만난 만주의 여자"를 노래하고 있는 이 시는 김수영의 시에서는 이색적으로 구성이 덜 복합적이고 가락 또한 특별한 변격의 장치 없이 단숨에 내리쓴 듯한 작품이다. 그리고 그의 시에서는 좀처럼 찾기 힘든 '민중'이 등장하고 있는 것이다. 그러나 그의 모든 시에서처럼 시의 화자는 시인 자신이라고 볼 수 있는 '도시 지식인'이다. 그리하여 그는 이 기막힌 "시대의 여자"에게서 '경험과 역사'를 배우기도 하지만 끝내 동정과 연민의 시선, 혹은 그것의 다른 뿌리인 냉담한 경멸과 조롱의 시선을 거두지 못한다. 시인이 살았던 60년대 현실의 역사적 한계이기도 하겠지만, 그는 끝내 이 "무식한 여자"의 수난의 일생에서 역사적 의미를 읽어내지 못하며 그 여자의 삶에서 '민중'을 발견하지는 못한다.

신동엽의 경우는 문학적 출발부터가 강렬한 민족주의 지향이었고 시인으로서의 체취도 민중적인 점에서 신경림과 훨씬 더 유사하다. 즉 그의 '민중'은 김수영의 '민중'에 비해 훨씬 더 신경림의 그것에 육박하고 있는 셈이다.

이슬비 오는 날.
종로 5가 서시오판 옆에서
낯선 소년이 나를 붙들고 동대문을 물었다.

밤 열한시 반,
통금에 쫓기는 군상 속에서 죄없이
크고 맑기만 한 그 소년의 눈동자와
내 도시락 보자기가 비에 젖고 있었다.

국민학교를 갓 나왔을까.
새로 사 신은 운동환 벗어 품고
그 소년의 등어리선 먼길 떠나온 고구마가
흙묻은 얼굴들을 맞부비며 저희끼리 비에 젖고 있었다.

충청북도 보은 속리산, 아니면
전라남도 해남땅 어촌 말씨였을까.
나는 가로수 하나를 걷다 되돌아섰다.
그러나 노동자의 홍수 속에 묻혀 그 소년은 보이지 않았다.

그렇지.
눈녹이 바람이 부는 질척질척한 겨울날,
종묘 담을 끼고 돌다가 나는 보았어.
그의 누나였을까.
부은 한쪽 눈의 창녀가 양지쪽 기대 앉아
속내의 바람으로, 때묻은 긴 편지 읽고 있었지.

그리고 언젠가 보았어.
세종로 고층건물 공사장,
자갈지게 등짐하던 노동자 하나이
허리를 다쳐 쓰러져 있었지.
그 소년의 아버지였을까.
반도의 하늘 높이서 태양이 쏟아지고,
싸늘한 땀방울 뿜어낸 이마엔 세 줄기 강물.
대륙의 섬나라의
그리고 또 오늘 저 새로운 은행국의
물결이 뒹굴고 있었다.

—「종로5가」 부분

김수영의 냉담한 혹은 연민 섞인 지식인적 시선에 비해 이 시의 화자의 시선은 훨씬 더 생생하게 민중현실을 담아내고 있으며, 아예 시적 화자의 설정 자체가 노동자로 되어 있다. 그리하여 소년과 "도시락 보자기"를 든 화자는 앞의 김수영 시에서처럼 노래하는 사람과 노래되는 대상이 싸늘하게 분리되어 있는 것이 아니라 둘 다 함께 수난의 현대사를 사는 역사적 피해자이며 민중인 점에서 한 몸으로 일체화되어 있다. 말하자면 이 시에는 역사의식이 살아 숨쉬고 있는 것이다. 소년은 60년대의 "새로운 은행국"이 수탈하여 해체시

커버린 우리 전래의 농촌공동체의 아들이자 새로운 은행국의 등짐 노동자가 된 이농민의 자식이고, '나'는 "도시락 차고" "빌딩 공사장"에서 돌아가는 비에 젖은 노동자로 연대되어 있다. "이조 오백년은 끝나지 않았다"라는 이 시의 선언이 선언으로 느껴지지 않는 것은 이 시가 이렇듯 강고한 현실적 연대감으로 뭉쳐 있기 때문일 것이다. 즉 '나'는 비 내리는 종로 5가 한복판에서 나를 닮은 미래의 노동자의 탄생을 보고 있는 것이다. 시인은 "노동자의 홍수 속에 묻혀" 간 소년이 70년대 이 땅의 수많은 노동자 중 하나로 성장해갈 것임을 예시해주고 있다.

그러나 이 시 역시 신경림의 「겨울밤」과 비교해 읽을 때 60년대적 한계를 시원스레 벗어나 있지는 못하다(실제로는 신경림의 「겨울밤」이 1965년에 발표되었고, 신동엽의 이 시는 그보다 2년 뒤인 1967년에 발표되었다). 우선 신동엽의 「종로5가」가 심각한 민중적 현실을 그리고 있음에도 불구하고 「겨울밤」의 왁자지껄한 민중적 활기와는 반대로 지극히 정적이라는 점이다. 그리고 시의 숨결 자체도 민중적 생동감과는 거리가 멀다. 어딘지 모르게 시의 목소리가 절제되어 있으며, 민중들의 언어로 채워져 있다기보다는 전편이 시인의 '시적' 언어로 이루어져 있고, 민중의 생동하는 현재적 삶을 꽉 채워서 드러내주는 것이 아니라 시인의 관점에 서서 회고조로, 회상의 언어로 발언하고 있는 것이다. 그리하여 중요한 현실의 한 국면을 얘기하고 있음에도 불구하고 「겨울밤」만큼의 미래 전망의 낙관을 얻지 못한다. 「겨울밤」에도 "우리의 슬픔을 아는 것은 우리뿐" "우리의/괴로움을 아는 것은 우리뿐"이라는 체념적인 발언이 없는 것은 아니나 그러한 체념의 언사에도 불구하고 우리는 그 시에서 "술을 마시고 물세 시비를" 하다가도 "색시 젓갈 장단에 유행가를 부르고/이발소집 신랑을 다루러/보리밭을 질러"가는 활기찬 농촌 장정들의 낙관적 삶의 정서를 만날 수 있고, "올해는 닭이라도 쳐볼거나" "올해에는 돼지라도 먹여볼거나"라는, 그것 자체로는 소박하나 분명한 현실 극복 의지를 읽을 수가 있다. 그러나 「종로5가」는 그 역사인식의 예리함에도 불구하고 미래 전망의 낙관적 정서가 없이 언어와 가락이 슬픔의 정조로 물들어 있다.

남은 것은 없었다.
나날이 허물어져가는 그나마 토방 한 칸.
봄이면 쑥, 여름이면 나무뿌리, 가을이면 타작마당을 휩쓰는 빈 바람.
변한 것은 없었다.
이조 오백년은 끝나지 않았다.

옛날 같으면 북간도라도 갔지.
기껏해야 뻐스길 삼백 리 서울로 왔지.
고층건물 침대 속 누워 비료광고만 뿌리는 거머리 마을,
또 무슨 넉살 꾸미기 위해 짓는지도 모를 빌딩 공사장,

도시락 차고 왔지.

—「종로5가」 부분

"변한 것은 없었다/이조 오백년은 끝나지 않았다"라는 적확한 현실인식에도 불구하고 미래 역사의 전망을 상실한 채 신동엽 시는 복고적 상상력으로 일탈해가는 경향마저 띠는 것이다. 이 시에서도 그러한 징후가 보이는데, 신동엽 시의 한계는 그의 민족주의적 열정이 그의 시에서도 이미 그 현실적 근거가 무너져내리기 시작한 전래적 농촌공동체를 지향한다는 데에 있다(이러한 경향의 가장 대표적인 시가 「향아」라는 작품이다). 그리하여 그의 선각자적인 민중 발견도 더이상 의미 깊은 시적 발전을 하지 못한 채 다음 연대의 신경림에게로 그 과제가 이월되고 마는 것이다.

2

시집 『농무』는 그 첫머리 시인 「겨울밤」 말고도 「시골 큰집」 「원격지(遠隔地)」 「파장(罷場)」 「제삿날 밤」 「농무」 「눈길」 「장마」 「갈 길」 「폭풍」 「그날」 「산1번지」 「3월 1일」 「서울로 가는 길」 「폐광」 「경칩」 「장마 뒤」 「그 겨울」 「산읍기행」 「친구」 「갈대」 「유아(幼兒)」 「누군가」 「친구여 네 손아귀에」 「해후(邂逅)」 「처서기(處暑記)」 「골목」 등 그야말로 빼어난 단편소설 같은 시들을 주옥처럼 많이 담고 있다. 여기 적은 시들 중 어느 한편을 무작위로 골라 읽어도 거기에는 세세한 사연들이 빛나고 있고 당대 민중의 절절한 염원이 짙은 숨결로 배어 있다.

> 박서방은 구주에서 왔다 김형은 전라도
> 어느 바닷가에서 자란 사나이.
> 시월의 햇살은 아직도 등에 따갑구나.
> 돌이 날으고 남포가 터지고 크레인이 운다.
> 포장 친 목로에 들어가
> 전표를 주고 막걸리를 마시자.
> 이제 우리에겐 맺힌 분노가 있을
> 뿐이다. 맹세가 있고 그리고 맨주먹이다.
> 느티나무 아래 자전거를 세워놓은
> 면서기패들에게서 세상 얘기를 듣고.
> 아아 이곳은 너무 멀구나, 도시의
> 소음이 그리운 외딴 공사장.
> 오늘밤엔 주막거리에 나가 섰다를
> 하자 목이 터지게 유행가라도 부르자.

—「원격지」 부분

못난 놈들은 서로 얼굴만 봐도 흥겹다
이발소 앞에 서서 참외를 깎고
목로에 앉아 막걸리를 들이켜면
모두들 한결같이 친구 같은 얼굴들
호남의 가뭄 얘기 조합빚 얘기
약장수 기타 소리에 발장단을 치다 보면
왜 이렇게 자꾸만 서울이 그리워지나

—「파장」 부분

나는 죽은 당숙의 이름을 모른다.
구죽죽이 겨울비가 내리는 제삿날 밤
할 일 없는 집안 젊은이들은
초저녁부터 군불 지핀 건넌방에 모여
갑오를 떼고 장기를 두고.
남폿불을 단 툇마루에서는
녹두를 가는 맷돌소리.

—「제삿날 밤」 부분

한국시에서 민중의 언어와 가락이 이처럼 풍성히 동원된 적도 없거니와 도대체 짤막한 한편의 시 속에 이처럼 속 깊은 사연들이 듬뿍 담긴 적도 없었다. 그러면서도 그의 운문은 백낙청의 적절한 지적처럼 "산문으로서도 손색이 없을 만큼 순탄하게 뜻이 통하면서도, 아무렇게나 바꿔놓은 듯한 그 시행(詩行)들은 산문으로 고쳐놓았을 때 그 진가가 드러나리만큼 우리말에 내재하는 운율에 밀착되어" 있다. 즉 "민요를 방불케 하는 친숙한 가락"을 띠는 것이다.(「발문」, 신경림 『농무』 115면) 60년대 내내 김수영에 의해서 끈질기게 시도되었고 신동엽에 의해 어느정도 구체화된 시의 현실참여가 신경림에 이르러 비로소 한국시에서 진정한 실체를 확보하게 된 셈이다. 아니, 김수영이 제기한 '참여시'의 문제들이 신경림에 이르러서야 일거에 해결되었을 뿐만 아니라 동시에 '참여시'가 바로 '민중시'로 전화하는 순간의 벅찬 감동을 『농무』는 한국시사에 창출한 것이다.

그러나 아무리 뛰어난 시적 성취도 현실의 발전 속에서 역사적 한계를 갖게 마련이다. 신동엽의 '민족시'가 신경림의 '민중시'(혹은 민중지향시)에 와서 그 현실적 연대를 한층 구체화, 강고화했다면 80년대 박노해의 등장과 함께 신경림의 민중시들은 그 생생한 문학적·역사적 창조력의 대부분을 노동시에 넘기고 만다. 그리하여 "못난 놈들은 서로 얼굴만 봐도 흥겹다"라거나 "우리의 슬픔을 아는 것은 우리뿐"이라는 70년대의 빼어난 민중적 절구(絶句)를 창조했던 신경림의 시들은 『농무』 다음 시집인 『새재』(1979)에서 「목계장터」라는 절정을 낳은 뒤 보다 광대한 시세계를 찾아 『남한강』(1987)으로의 장시 여행을 감행한다. 『농무』는 김수영·신동엽 시대의 마감으로부터 시작하여 박노해의 『노동의 새벽』(1984) 등장 이전까지의 약 10년간(1973~84)을 대표하는 이 땅의 진보적인 '민중시집'인 것이다.

앞에서 인용한 「원격지」와 「파장」에서도 극명하게 드러나지만, 신경림이 묘사한 1960년대 후반에서 70년대 초반 이 땅의 민중현실은 아직 자본에 의해 철저히 유린되기 직전의 상황이었다. 그의 대부분 시의 무대가 되는 반농·반광업의 산읍(山邑)이 아직 남아 있었고 "비료값도 안 나오는 농사"일망정 장정들이 지켜가야 할 농촌이 있었고 "어떤 녀석은/꺽정이처럼 울부짖고 또 어떤 녀석은/서림이처럼 해해"(「농무」)대는 '신명'이 살아 있었다. 그리하여 고된 노동 속에서도 사람들은 소읍 거리의 "이발소 앞에 서서 참외를 깎"거나 "약장수 기타 소리에 발장단을 치"(「파장」)고 "주막거리에 나가" "목이 터지게 유행가"(「원격지」)를 부르기도 한다. 즉 전반적으로는 독점자본의 자국 내 농촌 수탈이라는 거대한 해체기에 들어 있으면서도 그 복판에는 아직 사람 사는 활기가 남아 있었던 셈이다. 그러나 또 다른 신경림 시의 많은 인물들은 "도시의/소음이 그리운 외딴 공사장"(「원격지」)이나 파장처럼 썰렁한 고향을 버리고 이미 이농을 시작하고 있다. 그리고 그들이 정착한 곳이 「산 1번지」다.

> 해가 지기 전에 산 일번지에는
> 바람이 찾아온다.
> 집집마다 지붕으로 덮은 루핑을 날리고

문을 바른 신문지를 찢고
불행한 사람들의 얼굴에
돌모래를 끼어얹는다.

—「산 1번지」 부분

이발 최씨는 그래도 서울이 좋단다
자루에 기계 하나만 넣고 나가면
봉지쌀에 꽁치 한 마리를 들고 오는
그 질척거리는 저녁 골목이 좋단다
통걸상에 앉아 이십원짜리 이발을 하면
나는 시골 변전소 옆 이발소에 온 것 같다

—「골목」 부분

그리워하던 서울을 찾아왔지만 "나라의 은혜를 입지 못한 사내들"과 "아낙네"들의 생활은 별반 나아진 것이 없다. 그리하여 "모두 함께/죽어버리자고 복어알을 구해 온/어버이는 술이 취해 뉘우치고/애비 없는 애기를 밴 처녀는/산벼랑을 찾아가 몸을 던"(「산 1번지」)지는 극심한 절망의 밤은 계속된다. 그러나 "동네에 깔린 가난과 안달" 속에서도 "쉴새없는 싸움질과 아귀다툼" 속에서도 "이발 최씨"와 그의 아내들은 "극성스럽고 억척같은"(「골목」) 아버지 어머니들로 단련되어간다. 그리고 이 산동네의 무쇠팔뚝 어머니 아버지들

속에서 80년대 노동계급의 전사들이 길러지는 것이다.

그러니 박노해의 등장이야말로 신경림 시에서 이미 기약되어 있었다고 해도 과언이 아닐 것이다. 박노해야말로 신경림의 절망과 분노의 핏빛 맹세 속에서 탄생한 시인이기 때문이다.

> 그들의 함성을 듣는다
> 울부짖음을 듣는다
> 피맺힌 손톱으로
> 벽을 긁는 소리를 듣는다
> 누가 가난하고
> 억울한 자의 편인가
> 그것을 말해주는 사람은
> 아무도 없다 달려가는 그
> 발자국소리를 듣는다
>
> —「전야」 부분

신경림은 "누가 가난하고/억울한 자의 편인가/그것을 말해주는 사람은/아무도 없다"라고 했지만 다른 한편으로 "달려가는 그/발자국소리", 역사의 발자국소리를 들을 줄 알았던 것이다. 이 시의 제목이 「전야」라는 것부터가 예사롭지 않거니와, 자기 시대의 암울 속에서 새 역사의 진군의 발자국소리를 들을 줄 알았던 시인의 귀는 예민하다. 신경림의 역사적 과제이자 시적 과제가 다음 연대의 새로운 시인에게 이월되는 순간이다. 이제 "우리의 슬픔을 아는 것은 우리뿐"에서의 그 '우리'의 계급적 각성이 이루어지고 그 짓눌렸던 함성이 분출하는 시대에 접어든 것이다.

3

김지하는 출발부터 「풍자냐 자살이냐」(1970, 『타는 목마름으로』, 창작과비평사 1982. 이하 이 글의 인용은 면수만 밝힌다)라는 평론을 통해 김수영 극복을 자기 시의 분명한 과제로 설정하였다. 그에게 있어 김수영은 "자기 자신을 죽임으로써 넋의 생활력이 회복되기를 희망한 하나의 강력한 부정의 정신"(150면)이자 "소시민성을 치열하게 고발함에 의하여 참된 시민성의 개화(開花)를 열망한 하나의 뜨거운 진보에의 정열"이었다.(같은 곳) 그러나 그는 김수영이 "시적 폭력 표현방법으로서 풍자를 선택한 것은 매우 올바르"지만 그가 "폭력 표현의 방향을 민중에만 집중하고 민중 위에 군림한 특수집단의 악덕에 돌리지 않은 것"을 비판한다.(152면) 김지하에 의하면 김수영이 그처럼 매도해 마지않았던 소시민도 사회적 계층 구분에 의한 개념이 아니라 일반적인 사회의식의 형태로 파악된 "거대한 민중 속의 일부에 불과하다."(150면) 김지하는 김수영이 바로 자기 자신이 속한 이 소시민 속에서 "우리 사회의 진보를 가로막고 있는 중요한 부정적 요소를 파악해내려 했고, 그 요소에 공격을 집중함으로써 거대한 뿌리를 내린 채 결코 쓰러지려 하지 않는 오랜 모순의 정체를 폭로하고 고발하려"(149면) 했음에도 불구하고 그가 끝내 소시민을 포함한 전체 민중의 '긍정적 요소'를 보지 못한 점을 그의 가장 큰 한계로 파악해낸다. 김지하의 날카로운 판단처럼 김수영은 "스스로 민중으로서의 자기긍정"(151면)에는 이르지 못한 시인이었다. 그리하여 그의 민중 풍자는 '부정'은 있으나 '긍정'이 없고 '비판'은 있으나 '애정'이, '풍자'는 있으나 '해학'이, '교양'은 있으나 '오락'이 결여되어 있는 반쪽 풍자에 머물고 만 것이다.

> 김수영 문학의 풍자에는 시인의 비애는 바닥에 깔려 있으되, 민중적 비애가 없다. 오래도록 엉켰다 풀렸다 다시 엉켜 오면서 딴딴한 돌멩이나 예리한 비수로 굳어지고 날이 선, 민중의 가슴 속에 있는 한의 폭력적 표현을 풍자라고 한다면, 그런 풍자는 김수영 문학에선 찾아보기 힘들다. 이것은 바로 그가 민중으로서 살지 않았다는 점에 그 중요한 원인이 있다. 바로 이것이 그의 한계다. (151~52면)

선배의 한계에 도전하는 것은 후배 시인의 자랑스런 특권이자 진지한 의무이기도 하다. 결론부터 이야기해보자. 그렇다면 김지하는 평론으로서만이 아니라 그의 작품적 실천으로서도 김수영의 한계를 돌파한 시인인가. 70년대 전기간에 김지하 시인이 산출한 모든 작품들을 놓고 볼 때 서슴없이 그렇다고 결론을 내릴 수 있다. 아니 「오적」(1970) 「비어」(蜚語, 1972) 등 규모가 큰 서사 장시들을 제외해 놓고 『황토』(1970)와 『타는 목마름으로』(이 시집은 오랜만에 꾸며진 그의 두번째 시집이자 최초의 시선집으로 제1부에 『황토』 이후의 작품을, 제2부에 『황토』에서 가려 뽑은 시들을, 제3부에 『황토』 이전의 초기시들을 수록하고 있다)만 가지고 이야기하더라도 김지하는 김수영 시대를 시원스럽게 뛰어넘은 탁월한 70년대 대표 시인이다.

우선 시인 자신이 제기한 '비애'—시인에 의하면 "비애야말로 패배한 시인을 자살에로 떨어뜨리듯이 그렇게 또한 시적 폭력에로 그를 떠밀어 올리는 강력한 배력(背力)이며, 공고한 저력이다. 비애에 의거하여, 한의 탄탄한 도약대의 그 미는 힘에 의거하여 드디어 시인은 시적 폭력에 이르고 드디어 시적 폭력으로 물신의 폭력에 항거한다"(142면)—의 면에서 그와 김수영이 얼마나 어떻게 다른지를 보자.

> 왜 나는 조그마한 일에만 분개하는가
> 저 왕궁 대신에 왕궁의 음탕 대신에
> 50원짜리 갈비가 기름덩어리만 나왔다고 분개하고
> 옹졸하게 분개하고 설렁탕집 돼지 같은 주인년한테 욕을 하고
> 옹졸하게 욕을 하고

한번 정정당당하게
붙잡혀간 소설가를 위해서
언론의 자유를 요구하고 월남파병에 반대하는
자유를 이행하지 못하고
30원을 받으러 세 번씩 네 번씩
찾아오는 야경꾼들만 증오하고 있는가

옹졸한 나의 전통은 유구하고 이제 내 앞에 정서로
가로놓여 있다
이를테면 이런 일이 있었다
부산에 포로수용소의 제14야전병원에 있을 때
정보원이 너어스들과 스펀지를 만들고 거즈를
개키고 있는 나를 보고 포로경찰이 되지 않는다고
남자가 뭐 이런 일을 하고 있느냐고 놀린 일이 있었다
너스들 옆에서

지금도 내가 반항하고 있는 것은 이 스펀지 만들기와
거즈 접고 있는 일과 조금도 다름없다
개의 울음소리를 듣고 그 비명에 지고
머리에 피도 안 마른 애놈의 투정에 진다

떨어지는 은행나무잎도 내가 밟고 가는 가시밭

아무래도 나는 비켜서 있다 절정 위에는 서 있지
않고 암만해도 조금쯤 옆으로 비켜서 있다
그리고 조금쯤 옆에 서 있는 것이 조금쯤
비겁한 것이라고 알고 있다!

— 김수영 「어느 날 고궁을 나오면서」 부분

목숨
이리 긴 것을
가도 가도 끝없는 것을 내 몰라
흘러 흘러서
예까지 왔나 에헤라
철길에 누워
철길에 누워

한없이 머리속으로 얼굴들이 흐르네
막막한 귓속으로 애 울음소리 가득 차 흘러 내 애기
핏속으로 넋 속으로 눈물 속으로 퍼지다가
문득 가위소리에 놀라
몸을 떠는 모래내

철길에 누워

한번은 끊어버리랴
이리 긴 목숨 끊어 에헤라 기어이 끊어
어히 내 못한다 모래내
차디찬 하늘

흘러와 다시는 내 못 가누나 어허
내 못 돌아가 에헤라
별빛 시린 교외선
철길에 누워
철길에 누워

— 김지하 「모래내」 전문

앞의 시의 비애는 시인 자신의 비애다. 60년대 중반 군부독재 체제하의 "이 무엇이라고 말할 수 없는 나라의 수도의/한복판에서" "그 또 한복판이"(김수영 「H」) 되어 살아야 했던 소시민 지식인의 비애! 그러나 이 시의 진정한 의의는 "모래야 나는 얼마큼 작으냐/바람아 먼지야 풀아 나는 얼마큼 작으냐/정말 얼마큼 작으냐……"(「어느 날 고궁을 나오면서」)라는 자탄에 있는 것이 아니라 자기 자신을 포함하여 동시대의 거대한 폭력의 질서에 대해 침묵하고 있는, 정정당당히 피 흘리지 않고 있는 다수 민중을 향한 신랄한 공격에 있다. 이 시의 비애는 그 현란한 다변과 시인의 양심을 상기시키는 뼈아픈 반성적 발언에도 불구하고 "한의 탄탄한 도약대의 그 미는 힘" "물신의 폭력"을 향한 "강력한 배력(背力)"으로까지는 느껴지지 않는다. 즉 시적 폭력(힘)을 얻고 있지 못한 것이다. 비애가 그 최고의 발현형태인 한(恨)으로까지 발전하지 못하고 낮은 차원의 풍자에 머물고 말았기 때문이다. 그래서 우리는 이 시에서 시인의 비애는 느끼되 그 비애의 무한한 집적이자 승화인 한의 참모습은 발견할 수 없다. "응어리질 대로 응어리져 있는 한"(142면)이란 부정의 다른 정신이며 참된 풍자의 원천인 것이다.

김수영은 초기시부터 말년에 이르기까지 그 누구보다도 부정의 정신으로 일관해온 시인이다. 그런데 왜 그의 대부분의 시들이 그의 강렬한 부정의 정신에도 불구하고 참다운 비애 — 한의 창조로까지 승화되지는 못했을까? 그의 시대의 한계이기도 하겠지만 그는 자기 시대의 발밑에서 딱딱한 지각을 뚫고 거대한 말발굽 소리로 성장해오는 이 땅의 민중을 보지는 못했던 것 같다. 바로 이 점이 동시대의 신동엽과 김수영의 변별점이고, 그후의 김지하와 김수영의 대차(大差)이다.

그의 많은 시적 공격의 화살은 예리했으나 불행히도 그 촉 끝에 묻은 독은 세계지성적이었고, 공격의 방향은 적의 과녁이라기보다는 늘 자기 자신 쪽이었다. 그러므로 그가 그처럼 열렬히 지향했던 민주주의도 어딘지 모르게 자유주의적이었다. 그의 최후작인 「풀」을 '민중의 발견'으로 읽는 사람들이 많은데, 그것은 오독에 훨씬 가깝다. 「풀」은 어느 흐린 날의 김수영의 "잘못된 시간의" 우연한 "명상"(「사랑의 변주곡」)의 소산이다.

김지하는 그 내면에서 철저히 김수영과 싸워온 시인이다. 「모래내」 역시 그러한 싸움의 오랜 고통의 소산으로 읽어야 한다. 『타는 목마름으로』 제1부에 실린 이 시는 『황토』의 격렬한 "대결의 비극적 징조"(최원식 「대립과 공생 — 김지하론」, 김용직 외 『한국 현대시 연구』, 민음사 1989)를 벗어난 이후 시기의 작품으로서, 역시 같은 무렵의 「불귀(不歸)」 「빈 산」 「어름」 등과 마찬가지로 짙은 비애의 정서로 충만하다. 그러나 그중에서도 「모래내」의 비애가 가장 압도적이다. 「빈 산」에서 초반부 1~2연의 암울한 죽음 같은 몸부림은 3연의 "지금은 숨어/깊고 깊은 저 흙 속에 저 침묵한 산맥 속에/숨어 타는 숯이야 내일은 아무도/불꽃일 줄도 몰라라"에 이르러 드디어 반전을 이루면서 희망의 "한 그루 새푸른/솔"로 도약하지만, 「모래내」의 비애는 차라리 정적으로 꽉 차 있다. 그리고 시 속의 화자 또한 죽음 같은 어두운 정적에 누워 머릿속으로만 여러 얼굴들을 그리다가 "문득 가위소리에 놀라/몸을 떠는" 것이다. 가위소리! 이 시 속에서 화자와 세계를 연결해주는 유일한 생명의 소리다. 이 살아 있는 소리에 의해서야 비로소 화자는 자신을 의식하고 암담하기만 한 현실을 깨닫는다. "한번은 끊어 버리랴/이리 긴 목숨 끊어 에헤라 기어이 끊어/

어허 내 못한다 모래내/차디찬 하늘". 목숨을 끊을 수도, 그렇다고 살아 돌아갈 수도 없이 아득한 밤의 철길에 놓인 이 시적 화자의 처절한 독백을 통해 시인은 당대 민중의 깊은 비애 즉 한을 창조하고 있는 것이다. 이 끊을 수 없는 한, 비애의 무수한 덩어리들이 딱딱하게 응고되었을 때 그것은 거대한 힘이 되어 자기표현의 정당한 활로를 찾게 된다. 그리고 70년대는 이렇듯 민중의 한의 분출 시대였다. 그것이 바로 민중들의 민주주의 요구였던 것이다. 김지하는 항상 그 전위에 섰다. 그리고 저 폭력적 유신체제 기간 내내 그의 시와 이름은 긴급조치와 반공법에 의한 무자비한 탄압의 대상이자 명예로운 저항의 대명사였다.

신새벽 뒷골목에
네 이름을 쓴다 민주주의여
내 머리는 너를 잊은 지 오래
내 발길은 너를 잊은 지 너무도 너무도 오래
오직 한가닥 있어
타는 가슴속 목마름의 기억이
네 이름을 남 몰래 쓴다 민주주의여

아직 동 트지 않은 뒷골목의 어딘가
발자국소리 호르락소리 문 두드리는 소리

외마디 길고 긴 누군가의 비명소리
신음소리 통곡소리 탄식소리 그 속에 내 가슴팍 속에
깊이깊이 새겨지는 네 이름 위에
네 이름의 외로운 눈부심 위에
살아오는 삶의 아픔
살아오는 저 푸르른 자유의 추억
되살아오는 끌려가던 벗들의 피 묻은 얼굴
떨리는 손 떨리는 가슴
떨리는 치떨리는 노여움으로 나무판자에
백묵으로 서툰 솜씨로
쓴다.

숨죽여 흐느끼며
네 이름을 남 몰래 쓴다.
타는 목마름으로
타는 목마름으로
민주주의여 만세

—「타는 목마름으로」 전문

"긴급조치 시대의 기념비적 저항시"(최원식, 앞의 글)이자 70년대 후반 이래 탄압이 있고 저항이 있는 곳에서마다 울려퍼졌던 '민주주의의 송가'다. 나는 이 시가 87년 6월항쟁의 거리에서 거의 모든 남녀노소에 의해 노래 불리는 것을 보고 놀랐다. 이제 「타는 목마름으로」는 한 시대의 저항시에서 진정한 '민족의 노래 민중의 노래'(김지하 강연 초록 『민족의 노래 민중의 노래』, 동광출판사 1984)로 발전한 것이다. 그만큼 이 시는 그 가락의 절실함과 내용의 호소가 핍진하고 시인의 염원이 절절하다. 더구나 이 시는 시인이 책상머리에서 붓으로 쓴 것이 아니라 "온몸으로, 바로 온몸을 밀고 나가"(김수영 「시여 침을 뱉어라」 403면)며 쓴 시이기 때문에 그 부르짖음이 구절마다 생생하고 당대 민중의 분출하는 열망들이 시인의 타는 듯한 순결한 숨결에 실려 시 전체를 꽉 채우고 있다.

4

그러나 김지하의 경우도 그가 김수영을 극복했던 것처럼 새로운 세대의 시인에 의해 극복되지 않으면 안 된다. 김지하 시의 진정한 계승은 두 갈래로 이루어졌다. 하나는 김남주에 의해서이고, 또 하나는 박노해에 의해서이다. 김남주는 주로 김지하의 저항적 서정시의 전통을 이어받아 이를 보다 근본적인 민주주의 실현의 요구로 심화시킨 80년대의 대표적인 저항시인이다. 김수영의 '시민민주주의'가 김지하에 와서 한층 '진정한 민주주의'로 되었다면 김남주는 이를 '혁명적 민주주의'로 발전시키고자 한 것이다. 시집 『진혼가』(1984) 『나의 칼 나의 피』(1988) 『조국은 하나다』(1988)와 시선집 『사랑의 무기』(1989)가 그 구체적 결실이다. 그의 시는 「어머님께」 「조국은 하나다」 「학살」 1, 2, 3 등에서 강렬한 민족해방의 정서를 창출하고 있으며, 「손」 「깃발」 「민중」 등을 통해서는 계급모순의 해결을 주요 관심으로 삼고 있다. 김남주가 과연 김지하를 극복하였는가? 어느 일면에서는 그를 넘어섰고 다른 일면에서는 그렇지 못하다고 말할 수 있겠다. 타는 듯한 격렬한 대결의지와 강렬한 원색적 비극의 감정으로 물들어 있는 『황토』의 세계에 한정하여 말한다면 김남주는 그것을 뛰어넘은 것 같아 보인다. 그러나 『타는 목마름으로』 1부 수록시들의 도저한 민중적 비애의 창조에까지 김남주가 이른 것 같아 보이지는 않는다. 「타는 목마름으로」 「1974년 1월」 「불귀」 「바다에서」 「나팔소리」 「여름 감방에서」 「서대문 101번지」 「당신의 피」 「빈 산」 「모래내」 「어름」 「시」 「기마상(騎馬像)」 「새」 등의 치열하면서도 가없는 텅 빈 비애의 세계, 깜깜한 먹빛이었다가 돌연 흰빛으로 화하는 백색 공간, 그 눈부신 외로움의 정서는 아직 우리에게 엄연한 벽이다.

박노해는 김지하 시의 가락의 영향을 많이 받은 시인이다. 『노동의 새벽』의 많은 시편들(특히 「노동의 새벽」이 그렇다)에는 '지하 가락'의 친숙한 영향이 아직 완전히 가시지 않은 채 남아 있다. 박노해가 그만큼 김지하 시를 자기 시의 원천으로 읽었음을 말해주는 것이다. 그런데 김지하 시에는 노동시들이 의외로 없다. 『타는 목마름으로』 1부에 실린 「지옥」 1, 2, 3 세편이 거의 유일한데(초기시 중에 「산정리(山亭里) 일기(日記)」가 있지만 한때 벽지에서의 노동 체험을 형상화한 시이지 별다른 노동자적 관점은 없다), 당시로서는 선진적인 노동시였는지 몰라도, 이후 박노해의 노동시와 비교해 읽을 때 노동의 절박한 체험은 묘사되어 있되 군데군데가 추상적이고 시로서도 비약이 심하며 전체적으로 노동자의 정서보다는 지식인의 정서가 더 짙게 배어 있는 작품들이다. 즉 「지옥」 1, 2, 3은 박노해에게 와서야 보다 전면적으로 구체화되고 현실화될 과도기 단계의 노동시인 것이다.

그러면 박노해는 김지하를 뛰어넘은 시인인가, 아닌가? 나는 한 좌담에서 "김지하나 신경림의 시에 비해서 박노해 시가 결정적인 새로움을 담고 있느냐"라는 물음을 제기한 다음, "내용과 형식 양면에 걸쳐서 이런 것들이 검토"되어야 한다는 것을 전제한 뒤 "박노해는 내용의 새로움에서는 크게 돋보이지만, 형식의 창조로까지 자기 시를 밀고 올라온 것으로는 보이지 않"는다는 결론을 내린 바 있다.(「새로운 연대의 문학을 위하여」, 『창작과비평』 1990년 가을호, 41면) 내용의 새로움에서 크게 돋보인다는 것은 내용의 면에서 그가 이미 김지하를 돌파했음을 인정하는 말이다. 그러나 시는 내용의 새로움만으로 형식의 성취를 대신할 수 없는 독특한 예술 장르다. 그러므로 박노해도 일면에서는 김지하를 성큼 뛰어넘은 시인임에 틀림없지만 일면에서는 아직도 김지하가 이룩해놓은 70년대의 커다란 예술적 성취의 벽 앞에 마주 선 시인이기도 한 것이다.

(1990)

백석의 「노루」

백석문학상 수상소감을 대신하여

산골에서는 집터를 츠고 달궤를 닦고

보름달 아래서 노루고기를 먹었다

「노루」라는 간명하기 짝이 없는 백석의 시 한편입니다. 2행 29자에 불과한 이 시는 그러나 소설로 치자면 원고지 10여장 분량도 될 어떤 사실에 관한 사항을 적고 있습니다. 예를 들면, 산골 마을에 새 집터를 달구질하는 집이 있습니다. 아침부터 온 동네 사람들이 울력을 나와 돌부리나 나무뿌리 같은 것들을 캐어내며 집터를 닦고 마당을 달구질하고는 밤참으로 보름달 아래서 노루고기를 먹는다는 것입니다. 그러나 시는 이러한 사실들을 일일이 열거하지 않고 단 두 행의 간명한 묘사를 통해 한 산골 마을의 흥성한 축제를 사실보다 더 사실답게 표현하고 있습니다.

좋은 시를 읽는 즐거움 중의 하나는 이렇듯 사실보다 더 생생한 언어 표현이 주는 시적 경이의 순간과 맞닥뜨릴 때 옵니다. 앞의 시에서 그 경이의 순간을 창출하고 있는 시행은 "보름달 아래서 노루고기를 먹었다"입니다. 하루의 고된 노동 뒤에 새로 달구질한 마당 위에서 노루고기를 뜯고 있는 건장한 사내들의 모습은 그 자체가 하나의 튼실한 시일 뿐만 아니라 북관(北關) 풍속의 탁월한 재현이기도 합니다. 그리고 이 시행이 그처럼 충만한 시적 함축으로 빛날 수 있었던 것은 바로 앞 행의 의도된 건조하고 사실적인 언어 서술 덕분입니다. 백석은 이 2행의 시적 비약을 위해 1행의 언어들을 지극히 사실적인, 평이한 서술관계 속에 묶어두었던 것입니다. "산골에서는 집터를 츠고 달궤를 닦고". 한 섬세한 사실적 관찰자의 예리한 시선이 시행을, 아니 풍경 전체를 장악하고 있는 것이 보입니다. 우리는 흔히 백석을 북방 정서를 서정적으로 온축해서 표현한 리얼리스트로 이해하고 있습니다만, 저는 백석이야말로 그 자신 안에 엄정한 모더니스트의 눈을 겸비하고 있는 시인이라고 봅니다. 즉 백석의 시는 이미 정지용과 김기림의 근대시를 동시에 온몸으로 경험한 시입니다. 적지 않은 근대의 시간을 통과하고도 「사슴」과 그밖의 많은 시편들이 살아남을 수 있었던 것은 그가 삶을 노래하되 그만의 특별한 방법으로, 근대인으로서의 자각을 갖고 노래했기 때문이 아닌가 합니다.

제 시를 포함하여 우리 주변의 많은 시들은 70년대 이래의 소박한 삶의 모사론에서 벗어나지 못한 채 아직도 당위로서의 '옳은 시'를 지향하고 있습니다. 그러나 돌이켜보면 옳은 시가 있는 것이 아니라 다양한 시가 있을 뿐이며, 살아 있는 시와 그렇지 못한 시가 있을 뿐입니다. 더구나 현대시로서의 자각이 없는 시는 그것이 설사 옳은 방향을 지향하고 있다 할지라도 살아 있는 시의 형상으로선 턱없이 미달인 것입니다. 그러므로 저는 이렇게 고쳐 부르고자 합니다. 시는 삶의 노래이되 아주 특별한 삶의 노래이며, 그만의 자각된 노래인 것입니다. 백석문학상이 어느새 6년째를 맞아 미미한 저에게까지 차례가 왔습니다. 이 상을 고마운 마음으로 받으면서 한편으로 백석 시의 자각된 근대성을 빌려 우리 시의 답답한 현상에 대한 소회를 밝혀보았습니다. 너무 언짢아하지 마시기를 바라며, 이 보상 없는 시의 행위, 원군은커녕 자기 자신의 "그림자에조차도 의지하지 않"(김수영 「시여, 침을 뱉어라」)으면서 오로지 "언어를 통해서 자유를 읊고, 자유를"(김수영 「생활현실과 시」) 사는 통 큰 시인의 책무를 저나 여러분이나 좀더 보람차게 수행해가는 데 작은 참조가 되었으면 합니다. 감사합니다.

(2004)

조지훈의 시
지훈문학상 수상소감

존경하는 김종길 선생은 최근 『시와정신』 2004년 봄호에 기고한 「시의 뒷맛」에서 이른바 시격(詩格)에 관한 격의 이론을 소개하면서 “오늘날 우리는 시비평에 있어서보다 오히려 일상생활에서 간혹 격의 높낮음을 이야기할 뿐”이라며 “옛날의 한시 비평에서도 격의 고하, 즉 시적 가치의 위계는 있었”고 “중국 역대의 격이론을 살펴보면 예쁘거나 기이하거나 강렬한 것보다도 유원(幽遠)하거나 고고(高古)하거나 담박(澹泊)한 것을 격이 높은 것으로 생각했음을 알 수 있다”라고 하셨는데, 조지훈 선생의 시야말로 바로 여기에 딱 들어맞는, 우리 근대시사에서는 몇 안 되는 특이한 전통에 해당한다고 할 수 있습니다. 지훈 선생의 모든 시가 다 그렇다고 단언할 수 없겠습니다만, 우리 시 읽기에 눈 밝은 신경림, 정희성 시인이 공편한

『한국현대시선』 I, II(창작과비평사 1985)에 수록된 지훈 선생의 「승무」 「고사 1」 「낙화」는 김종길 선생이 말씀하시는바 시격의 위의(威儀)를 두루 갖춘 기품 있는 작품이라고 할 수 있습니다. 그리고 그 시적 정서 또한 유원하고 고고하며 담박하기 이를 데 없습니다.

꽃이 지기로소니
바람을 탓하랴.

주렴 밖에 성긴 별이
하나 둘 스러지고

귀촉도 울음 뒤에
머언 산이 다가서다.

촛불을 꺼야 하리
꽃이 지는데

꽃 지는 그림자
뜰에 어리어

하이얀 미닫이가

우련 붉어라.

묻혀서 사는 이의
고운 마음을

아는 이 있을까
저어하노니

꽃이 지는 아침은
울고 싶어라.

—「낙화」 전문

자유시임에도 마치 고조(古調)의 정형을 연상하듯 두 행씩 끊어쳐서 웅혼하고 유장한 가락을 형성하고 있는 이 시를 청년 시절부터 수없이 반복해서 읽어왔는데, 내면을 스치는 어떤 서늘한 기상과 호소하듯 절제된 애수는 세월의 흐름 속에서도 전혀 낡지 않은 채 저의 가슴을 촉촉이 적셔줍니다. 제가 좋아하는 한 후배 시 비평가는 저의 이런 느낌을 "실상 모든 시는 그것이 작품이 되는 순간 이미 시계의 시간에서 탈출해" "과거로 밀려서 사라지지 않는"(정남영, 앞의 글) 영원의 시간을 산다고 말한 적이 있습니다만, 지훈 선생의 작품 중 이렇듯 이미 고전의 반열에 오른 또 하나의 예를 들라면 저는 선뜻「고사 1」을 들고 싶습니다.

목어(木魚)를 두드리다
졸음에 겨워

고오운 상좌 아이도
잠이 들었다.

부처님은 말이 없이
웃으시는데

서역(西域) 만리 길

눈부신 노을 아래
모란이 진다.

—「고사 1」 전문

40여년 전에 이 시를 처음 읽었을 때 제 마음은 제2연의 "고오운"에서 크게 한번 출렁거렸는데, 오늘 그 구절을 반복해 읽어도 제 내면의 리듬은 바로 여기에서 다시 한번 출렁!합니다.

세상에는 상도 많고, 좀 외람되이 말씀드리자면 아예 없었으면 하는 상도 많지만, 이렇듯 고매한 인품과 기풍이 서린 지훈문학상을 받는 제 마음 또한 "조찰히" 기쁩니다. 65년 전인 1939년에 지훈 선생의 시를 세상에 처음 내보낸 지용 선생의 시구절을 빌려 표현하자면 "새삼스레 눈이 덮인 뫼뿌리와/서늘옵고 빛난 이마받이"를 한 느낌입니다. 그토록 두껍고 완고한 동토(凍土)에도 이제 막 "얼음 금가고 바람 새로 따르거니"(정지용 「춘설」) 여기 오신 모든 분들께도 새로운 기운이 가득 생동하시기를 기원합니다. 그리고 상을 제정하고 운영하느라 애쓰시는 분들, 심사하신 분들께도 깊은 감사의 말씀 드립니다.

(2004)

지용 시의 위의(威儀)

지용문학상 수상소감

쇼오와(昭和) 10년(1935) 10월 27일 경성부 적선동 169번지 시문학사 발행(발행자 박용철)의 『정지용시집』을 한권 갖고 있다. 표지의 '정지용시집'이라는 제호는 금박으로, 속표지의 제호는 은박으로 찍힌 호화스런 양장본이다. 나는 그 시집을 읽으면서 서정주는 물론이고 백석, 박용래 등 후대 시인들이 그에게 크게 빚지고 있다는 사실을 발견한 적이 있다. 어디 서정주와 백석뿐이랴! 그는 김소월의 '노래'를 최초로 감각화한 한국 현대시의 개척자일 뿐만 아니라 느낌에 질서와 이미지를 부여한 정치(精緻)한 시인이라는 점에서 오늘날까지도 시 쓰는 사람들에게 그 영향력이 줄어들지 않는 몇 안 되는 시인 중의 한 사람이다. 그러나 어찌 된 셈인지 우리의 짧지만은 않은 현대시사는 그를 지나치게 협의의 모더니즘 시인으로만 평가해온 듯하다. 물론 그에게는 「카페 프란스」 같은 모더니즘풍의 시도 있지만 「향수」라거나 「고향」 「산 넘어 저쪽」 같은 토착정서의 시들도 많고, 「별똥」 「지는 해」 「홍시」 같은 맑은 동시풍의 시들도 있다. 그뿐만 아니라 시사(詩史)의 이런저런 편의적 구분을 뛰어넘어 빛나는 다음과 같은 한편의 시야말로 오히려 그를 모더니즘 시인이라기보다는 '민족시인'이라 부르는 데 주저할 필요가 전혀 없음을 보여준다.

> 벌목정정(伐木丁丁)이랬거니 아람도리 큰 솔이 베혀짐즉도 하이 골이 울어 멩아리 소리 쩌르렁 돌아옴직도 하이 다람쥐도 좇지 않고 묏새도 울지 않어 깊은산 고요가 차라리 뼈를 저리우는데 눈과 밤이 조히보담 희고녀! 달도 보름을 기달려 흰 뜻은 한밤 이 골을 걸음이랸다? 웃절 중이 여섯판에 여섯번 지고 웃고 올라간 뒤 조찰히 늙은 사나이의 남긴 내음새를 줏는다? 시름은 바람도 일지 않는 고요에 심히 흔들리우노니 오오 견디랸다 차고 올연(兀然)히 슬픔도 꿈도 없이 장수산속 겨울 한밤내—
>
> —「장수산(長壽山) 1」 전문

이 시를 두고 흔히 하기 쉬운 말로 적(일제)에 대한 대결의식이 고작 그것이냐고 폄하하는 것도 온당한 평가가 아니려니와, 언어에 대한 참신이 떨어지며 모더니즘으로부턴 거리가 멀다고 평가하는 것 또한 얼마나 부질없는 말장난인가. 이 시에는 그런저런 경직된 해석을 거부하는 도저한 무엇이 빛나고 있으니 그것은 바로 "깊은 산 고요"를 직시하는 일제하 한 지식인의 서릿발 같은 고고의 정신이다. 수많은 시인들이 시를 통해서 어떤 기품에 도달하려고 노력했건만 이 시만큼 한 정신의 극한을 아슬아슬하게, 그러나 균형감 있게 실연(實演)한 경우는 이육사의 "강철로 된 무지개" 즉 「절정」을 제외하면 그리 많지 않을 것이다. 이 시는 그만큼 넘치지도 모자라지도 않는다. 고전적 품격이란 바로 이를 두고 이른 말일 것이다. 그러나 정지용 시의 풍요로움은 다른 곳에도 더 있다. 나는 한 뛰어난 시정신과 선구적 방법을 기왕의 쩨쩨한 '민족시인'의 것으로 한정하고 싶지도 않고, 오히려 "바다는 뿔뿔이/달어 날랴고 했다"(「바다 9」)와 같은 무한히 자유롭고 신선한 해방의 감각 속에서 그의 시가 더욱 빛난다고 생각한다. 문제의 핵심은 그의 시를 어떤 선입견이나 편의적 도식에 기대지 않고 제대로 읽어내는 일, 즉 우리 각자의 살아 있는 오관(五官)으로 읽어내는 데에 있다. 그래야 정지용도 살고 오늘의 우리 시도 산다.

작금의 우리 시단을 둘러보면 정지용만 한 균형과 절제를 갖춘 시인도 없고 김수영처럼 주어진 틀을 과감히 돌파하는 참다운 전위의 시인도 없다. 무엇인가를 이룰 만하다고 판단되었던 시인들은 절제를 잃고 자기 시의 복제품의 대량생산에 만족하는가 하면, 한때 경이의 세계를 발견했던 시인들은 겸허를 잃고 확신에 찬 어조로 새로운 이데올로기를 강압하려 든다. 의지할 만한 선배가 없는 신인들은 세기말의 당돌한 아이들답게 마약과 같은 로큰롤과 대책 없는 섹스와 허무, 광란에 가까운 부르짖음으로, 영원히 탕진되지 않을 것 같은 절망의 포즈로 시집 전체를 가득 채우고 있다. 서구에서는 이미 한물간 포스트모던으로 뒤늦게 허기를 채운 시인들은 공공연하게 '나는 없다'고 외친다. 이 무슨 해괴한 장난들인가. 자본주의의 속성이 그러한 것처럼 누구도 뒤를 돌아보지 않고 알 수 없는 속도감에 실려 내일을 향해 전력 질주하고 있는 것이 오늘의 시단 풍속도이다. 그러나 이러한 때일수록 제정신을 갖고 사는 시인이 정말 필요하다. 대체 하늘이 지상에 인간을 창조한 것은 두 다리로 천천히 땅위를 걸으면서 자기가 누구인지를 깊이 깨달아 자기 안의 진리를 세상에 드러내어 스스로를 돕고 남을 이롭게 하라는 뜻이었을 것이다. 우선 자기 안의 진리를 발견하기 위해선 무엇보다 자기 자신에게 깊이 걸어내려가 그 바닥의 고요한 중심에 닻을 내려야 할 것이다. 그리하여 나는 모든 진정한 시의 창조는 그 마음의 바닥으로부터 출발한다고 믿는다. 마음의 바닥이라! 말은 쉽지만 그것에의 도달은 얼마나 지난한 일인가. 나무가 자신의 전력을 다해 한 잎을 머금듯 숨막히는 온몸의 긴장 뒤에, 아니 그보다도 더한 투신 뒤에, 투신 다음의 고요한 휴지 뒤에나 그것은 가능할까. 그러나 오래 참은 나무가 드디어 자신의 숨결처럼 파르라한 잎맥을 터뜨리고 말듯 마음의 바닥에서도 언젠가는 시의 푸르른 숨결이 굽이치며 터뜨려 오를 날이 있긴 있을 것이다.

진리가 어디에 따로 있다고 믿지 않는 나로서는 그러므로 자신을 들여다보는 시간이 많았으면 하는데, 자본주의적 일상은 그러한 내 소망을 철저히 짓밟는다. 매일 아침 눈을 뜨자마자 살벌한 속도가 나보다 먼저 와서 나를 기다린다. 월요일엔 월요일의 속도가, 화요일엔 화요일의 속도가 더욱 맹렬한 눈을 부릅뜨고 달려든다. 어디 마음 붙이고 천천히 걸어볼 데가 없을까 하여 찾아나선 곳이 '마음의 고향'으로의 여행이다. 그것은 내 유년의 정지된 풍경으로의 여행이므로 우선 마음이 평화로웠고 느낌이 따사로웠으며 사물들이 가득 생생했다. 내 어렸을 적의 시골 초가지붕이나 박꽃, 하굣길의 노란 장다리꽃이나 종다리 그리고 밭둑의 형수들이 금세 글썽한 얼굴로 내게 말을 걸어왔다. 눈을 감으면 지금도 보인다. 어른들이 모두 일 나가고 빈 뜨락에 앉아 지켜보던 여름 한낮의 쟁쟁한 적요와 댓잎 서걱이는 소리, 아니 천둥 벼락에 놀라 후다닥 날개 터는 장닭의 붉은 볏이며 잿간에 빠르게 숨어드는 족제비의 뒷다리, 어느 여름날인가 묻어두었다가 끝내 못 찾은 마당가의 쇠구슬이며 알록달록한 유리구슬들… 여름 들판에 가득 엎드려 김매는 장정들의 우렁우렁한 목소리는 또 얼마나 은성했으며 여름 소들의 살진 뒷다리는 얼마나 든든했던가.

그러나 뒷날 시인이 되려고 그랬던지 추수 끝난 가을 들판의 쓸쓸함은 왠지 모를 슬픔을 안겨주었다. 그때 들리는 기적소리는 그 슬픔을 배가해주었고, 특히 서리 깔린 신작로에 난 수레바퀴 자국은 인생이란 이렇게 슬픈 것인가 하는 갈피 잡을 수 없는 흔적 같은 것을 내 가슴에 심어주었다. 나는 지금도 내 고향의 순이 누나들이 농사일이 끝난 늦가을 새벽에 그 수레바퀴 자국을 따라 서울로 서울로 갔다고 굳게 믿고 있다. 사회과학적으로 얘기하면 바야흐로 1960년대의 산업화 초기를 맞아 이농(離農)이 시작된 것이지만, 꼭 산업화니 공업화니를 떠나서도 늦가을의 농촌 들녘, 특히 맨 마지막으로 무며 배추 따위를 걷어낸 들녘은 한없이 황량했고, 머릿수건을 벗어 탁탁 털며 바구니를 끼고 들녘길을 걸어 집으로 돌아가는 누나들의 좁은 어깨는 적적하기 그지없었으며 꼭 무슨 일이 벌어질 것 같은 예감이 들었다.

사람에게는 누구나 마음의 안온한 풍경이 있는 것이지만 그 풍경은 또한 사라지기 마련이어서 나의 평화한 풍경도 꼭 그 지점, 가을 들녘길에서 끝나고 만다. 그다음부터는 순이 누나들뿐만 아니라 곰보 형님, 딱부리 형님들의 본격 이농이 시작되었기 때문이다. 60년대 중반, 중학을 마친 나도 그 들길을 걸어 도시로 향했다. 방학을 맞아 혹은 여름휴가를 맞아 간혹 들른 고향은 점점 황폐해져갔고, 내가 시 속에서 그린 고향은 이제 어느 곳에도 존재하지 않는다. 따뜻한 색감의 노오란 초가집 대신 양옥이 들어서 있고 대밭에 참새들도 날아들지 않으며 뒷동산으로 이어지던 길 위엔 억새풀이 무성하다. 사람들은 각자 전화를 갖고 있고 밤에는 TV 앞에서 서울의 연속극을 본다. 어쩌다 동구나무 옆에 나와 있는 사람들은 이미 노동력을 상실한 구부정한 노인들뿐이다. 사람들만이 변한 것이 아니다. 인사(人事)가 변하면 산천도 변한다. 강물도 옛 너른 굽이를 잃었고 개울은 말라붙고 바위들은 오그라들었다. 대신 곳곳에 들어앉은 것은 산채비빔밥집이고 민물매운탕집이다. 수심이 얕아진 섬진강엔 이미 은어가 오르지 않으니 횟집 주인은 산속에 맑은 물을 가둬놓고 은어를 양식한다. 1950,60년대의 농촌공동체는 이제 철저히 해체되어 자본주의 도시의 주변공동체가 되었다.

마음의 고향으로의 여행도 이쯤에서 막을 내려야 할 모양이다. 그러나 나는 지금도 때때로 눈을 감는다. 그것이 비록 정지된 풍경이긴 하나 한 사람의 일생에 깊은 각인을 남긴 것이라면 오늘의 시점에서 그 고향을 시 속에 재현해보는 것이 전혀 의미 없는 일은 아닐 것이다. 그러나 오늘의 현실을 직시하면서 재현해야 할 것이다. 꿈나라로의 여행이 엄연한 현실을 잊고 그야말로 환상의 재현에 머물러서는 안 되겠기 때문이다.

(1996)

2부

장철문의 『산벚나무의 저녁』*

1

장철문의 시에는 선한 귀순(歸順)에의 의지가 배어 있습니다. 세상의 착한 것들에의 귀의로부터 저 자연으로의 귀의, 그리고 절대무의 세계로의 귀의. 「선재와 자전거」는 무한우주 속을 질러가는 그의 기쁨이 찬탄처럼 고스란히 드러나 있는 시입니다.

당신의 한채의 집을, 커다란 집을

* 장철문의 『산벚나무의 저녁』부터 정규화의 『오늘밤은 이렇게 축복을 받는다』까지 모두 열권의 시집은 2004년 4월부터 6월까지 필자가 진행한 한국문학예술위원회 '금요일의 문학이야기'에서 다룬 것이다.

가로질러갑니다
갈대와 돌피는 흔들리고
벼는 익어서 바인더가 갑니다
볏잎이 햇살에 비쳐서
은행잎 한떼거리가 노랗습니다
철둑가 배추포기는 뒤뚱뒤뚱 서른두 냥
무 뿌리는 쑥쑥 올라와
무청의 바다를 이뤘습니다
아내는 저 수풀 뒤로 돌아가서
무얼 좀 하자고 합니다
부추밭은 넓어서 흰 꽃이 하늘거리고
그 한가운데서 삽사리가
한쪽 다리를 들고 쉬를 합니다
족제비가 수수밭을 따라 사생결단으로 달리다가
콩밭머리로 급선회합니다
누가 또 들깨밭을 수선스레 지나갑니다
당신의 집은 뺑 뚫려서 질러가기 좋습니다

물아(物我)의 경계를 지우며 달려가는 그의 자전거는 말하자면 '소요'의 자전거로서, 이 우주라는 당신의 커다란 집 한채를 가로질러가는 그 순간만큼은 그는 선재동자(善財童子)가 됩니다. "아내는 저 수풀 뒤로 돌아가서/무얼 좀 하자고 합니다"라는 인간적 의사표시가 있지만, 이 시는 전반적으로 그러한 의사표현마저도 가장 자연스러운 욕구의 하나로 품어버리며 오로지 자연만이 살아서 "수선스레" 물활(物活)의 경지를 구가하고 있습니다. 그리고 그 위를 선재의 자전거는 마치 "족제비가 수수밭을 따라 사생결단으로 달리"듯이 급선회하며 달리고. 모든 자연적인 것들을 인위적인 것으로 만들려고 하는 것이 오늘의 한국 젊은 시의 표정 중의 하나라면 장철문의 시는 이처럼 예외적인 것이 특징이라면 특징일 것입니다. 그는 가장 자연스러운 물활의 경지에 그의 시를 가만히 올려놓으려고 하는 시인입니다. 그것도 언어에서 의미의 하중을 모두 빼고 최소한의 단위만을 잠자리 날개처럼 가벼웁게. 정현종이 『한 꽃송이』(문학과지성사 1992)라는 시집에서 이 물활을 눈부시게 성취한 바 있습니다.

2

장철문 특유의 물활이 눈부시게 구현된 작품은 「바닷가 연(蓮)못」이라는 시입니다. 이 시는 우선 새들의 울음소리를 받아쓴 의성어와 그 동작을 적은 의태어만으로도 실감 나는 시적 성취를 보여줍니다.

빼호르르르 라로 빼르르르 호로 빼비추 까르르르

뽀비추 호로로로 개개비 울고

물까마귀

차르르르 락 락 락 물수제비 떠 날아오르고

여기저기 저기여기

백련(白蓮)은 흩어지고

뻑 뻐끔

뻑 뻐끔

붕어는 수초 사이에서 입질

해송숲에 바람 간다, 봐라

쉬바 쉬바

퍼드덕 파다다다다 푸르륵

물닭은 연잎을 건너뛰고

개개비

이 갈대숲에서 저 갈대숲으로 곤두박질

부들숲에 바람 부는데

버들숲에 바람 가는데

유리궁전같이 유리궁전같이

기둥도 없는데

기둥이 없어서

—「바닷가 연(蓮)못」 전문

이 시를 옮겨 적으면서 새삼스레 느낀 바이지만 1연의 "빼호르르르 라로 빼르르르 호로 빼비추 까르르르" 같은 새 울음소리의 구르는 듯한 유성음의 연속은 두 행을 건너 이어지는 "차르르르 락 락 락 물수제비 떠 날아오르고"의 물까마귀의 동작에 대한 생생한 묘사와 함께 이 시의 가장 눈부신 성취를 담보케 해주는 세목으로서의 기능을 다하고 있는바, 소리 내어 읽어보면 마치 눈앞에 바닷가 연못이 펼쳐지는 듯한 환상적인 실감을 줍니다. "뻑 뻐끔/뻑 뻐끔"거리는 붕어의 입질도 그러하고, 이어지는 3연의 "해송숲에 바람 간다, 봐라/쉬바 쉬바"의 거두절미한 듯한 묘사도 얼마나 약여한가요. 그리고 마지막 연의 이 모든 실감을 다시 한번 환상으로 돌리는 듯한 "부들숲에 바람 부는데/버들숲에 바람 가는데/유리궁전같이 유리궁전같이/기둥도 없는데/기둥이 없어서"의 연속되는 2음보의 끊어치는 듯한 경쾌한 율동의 흐름은 다시 한번 이 시를 고조(高調)로 끌어올립니다. 한마디로 잘라 말한다면, 「바닷가 연(蓮)못」은 「운봉목장 뒷산」의 시적 능청과 더불어 그의 대표작으로 기록될 수작입니다. 그리고 시에서 물활이란 바로 이런 최고의 성취에 이른 시를 가리킬 때 쓰는 말이지요. (2004)

전동균의 『함허동천에서 서성이다』

1

소품이긴 하지만 「소나기」는 아름다운 시입니다.

저,

저,

저,

저,

저,

저,

흙탕물 사납게 차오르는 세상을
순식간에 건너가는

저,
저,
저,
저,
저,
저,

몸통 다 잘린
흰 발목들

—「소나기」 전문

갑자기 예고도 없이 내려 마당을 훑고 지나가는 소나기의 모습을 순간 포착한 시인데, 놀라운 것은 화자의 감정을 일절 배격한 채 오로지 이 "세상을/순식간에 건너가는" 비의 모습을 경쾌하게 형상화한 그 솜씨가 예사롭지 않다는 점입니다. "몸통 다 잘린/흰 발목들"이란 표현은 또한 얼마나 생생한가요. 언어가 살아 있는 사물의 본 모습에 육박했을 때의 싱싱한 기운 같은 것이 느껴집니다. 그리고 "저,/저,/저,/저,/저,/저," 하며 이어지는 바라보는 자의 놀라운 탄성은 또 얼마나 재미스런 표현인지요. 정말 여름날의 소나기는 우리가 그것을 찬찬히 묘사할 시간도 주지 않은 채 "저,/저,/저," 하는 순간에 "흙탕물 사납게" 튀기며 사라져가버립니다. 「소나기」는 순간의 시학이 발휘된, 경이로 빛나는 작품입니다.

2

「배 매던 나무」는 그의 여행시편 가운데 명편 중의 하나입니다.

벼 베는 창후리 들판에
이상하게 큰 느티나무 한 그루가 서 있었다

옛날에 배 매던 나무라 했다
수령(樹齡)이 얼마나 되는지 아무도 모른다 했다

저물녘, 쇠죽 쑤는 연기 피워올리는
작은 함석집을 새끼처럼 품고
밑동에서 우듬지 끝까지 차오르는 서해바다
들물결의 노을 속에
제 삶을 비추어 보듯 고개 숙인

그 나무 옆을

오늘은 머리숱 많은 소년이 오리떼를 몰고 지나간다
오리들은 말을 안 듣고 꽥꽥거리며
짧은 날개를 파닥거리며, 자꾸
자꾸만 길을 벗어나 어디론가 달아난다

—「배 매던 나무」 전문

내가 이 시를 좋게 보는 이유는 앞의 시처럼 화자-시인의 감정이 배제된 채(완전 배제란 있을 수 없는 일이겠지만) 다만 풍경 묘사만을 통해 어느 오래된 마을의 풍경을 서정적으로 형상화하고 있기 때문입니다. 그리고 "수령(樹齡)이 얼마나 되는지 아무도 모"르는 나무 밑을 "오늘은 머리숱 많은 소년이 오리떼를 몰고 지나"가는 장면을 대비시켜 저녁의 풍경이 한결 깊어지고 있을 뿐만 아니라, "말을 안 듣고 꽥꽥거리며/짧은 날개를 파닥거리며, 자꾸/자꾸만 길을 벗어나 어디론가" 달아나려는 오리들의 자유분방하고 통제되지 않는 무질서를 마지막 연에 배치하여 이 시는 돌연 생명 가진 것들의 자연스런 활력과 넘치는 무방비를 보여주고 있습니다. 그리하여 "벼 베는 창후리 들판"은 "이상하게 큰 느티나무 한 그루"와 함께 오래오래 지속될 것임을 확인시켜주는 것이지요. "저물녘, 쇠죽 쑤는 연기"는 "머리숱 많은 소년이 오리떼를 몰고" 돌아오는 한 오래오래 지속될 것이기 때문입니다. 그밖에도 내가 재미있게 읽은 시들로는 「댓잎들의 폭설」 「배가 왔다」 「삼천사에 가면」 「귀가」 「바닷가 무덤」 「초승달 아래」 「강화 물오리」 등이 있는데, 전동균적인 내성적 서정이 가장 훌륭하게 발휘된 작품은 아무래도 「배가 왔다」와 「삼천사에 가면」이 아닌가 생각됩니다. 「배가 왔다」의 첫 연은 이렇듯 단도직입적이고 헐벗은 자기응시로 시작됩니다.

비 그친 11월 저녁
살아 있는 것들의 뼈가 다 만져질 듯한
어스름 고요 속으로
배가 왔다

그리고 그 3연은 이렇습니다.

배는,
이 세상에 처음 온 듯이
소리도 없이 지금 막 내 앞에 닿은 배는,
무엇 하러
무엇 하러 나에게 왔을까

"슬기 없는 영혼을 찾아/어디로, 이 세상 너머 어느 곳으로/무거운 내 육신을 싣고 떠나려" 온 배는 사실은 "내 손바닥만 한 갈색 나뭇잎 한 장"입니다. 그의 시는 이처럼 다소곳이 고즈넉합니다. 시에서 모든 위선과 위악의 힘들을 뺀 채 "솔기 없"이 물속의 뼈가 들여다보일 정도로 투명합니다. 그리고 그는 간혹 "아무도 없는데, 자꾸/뒤돌아보"(「귀가」)면서 "죽음에 기대지 않고는 아무도/아무것도 살아갈 수 없다고/가만가만 말해주는"(「나무가 쓰러진 곳」) 것입니다.

(2004)

최영철의 『그림자 호수』

1

이번 시집에서 내가 좋아하는 스타일의 시는 「섬」입니다.

바다 너머 연 날리는 아이들 여럿
멀리 가물대는 수평선 너머
갈매기는 반가워 끼룩끼룩 이리로 날고
파도는 신이 나 넘실넘실 저리로 춤추네
은비늘 눈부신 하늘을 타고
자꾸만 푸르게 날아간 아이들
방패연 가오리연 연줄을 끊어버렸네

금방 가벼워진 방패구름 가오리구름

수평선 그 어디쯤 내려앉았네

바닷가 아이들 날려보낸

먼 바다 조각배 몇점

—「섬」 전문

고종석에 의하면 "리듬의 그리스어적 어원은 '흐른다'는 뜻"(「해설」, 황인숙 시집 『자명한 산책』, 문학과지성사 2003, 125면)이라고 합니다. 3음보와 4음보가 적절히 교차하며 미끄러지듯 자연스런 리듬을 형성하고 있는 이 시는 어느 바닷가 외로운 섬 아이들의 고독이 오롯이 형상화된 수작입니다. 그러나 이 시는 이러한 '전언'보다도 그냥 리듬으로만 읽어도 흐뭇한 정감을 자아냅니다. 나는 이 시를 이렇게 끊어 읽고 싶습니다. "바다 너머/연 날리는/아이들 여럿//멀리/가물대는/수평선 너머//갈매기는/반가워/끼룩끼룩/이리로 날고//파도는/신이 나/넘실넘실/저리로 춤추네//은비늘/눈부신/하늘을 타고//자꾸만/푸르게/날아간 아이들". 즉 이 시의 운율적 구조는 음절수와 관계없이 이렇게 읽힙니다. 3음보-3음보-4음보-4음보-3음보-3음보-4음보-4음보-3음보-3음보-3음보. 경쾌, 발랄한 3음보가 주류를 이루는 가운데 장중, 둔중한 4음보가 엇섞이며 이 시의 율동을 형성하는데, 이 시가 재미있는 것은 3, 4행, 그리고 7, 8행의 장중하며 느릿한 4음보가 적절한 자리에 그야말로 적확하게 배치되어 아름다운 파격을 선사하기 때문입니다. 율격이란 "'자연언어의 운율적 가능성이 실현되는 추상적 규칙'으로서, 한 문화공동체가 가진 의식적·무의식적 양식"(김홍규, 앞의 글)입니다. 그러니 나와 여러분의 심저에는 이 3음보의 율동이 어딘지 낯설지 않고 친숙하게 다가오기 마련입니다. 말하자면 이 율격은 저 향가나 고려가요, 시조 등을 통해 우리 한국인의 가슴 깊은 곳에 흐르고 있는 무의식적인 '흐름'인 것입니다. 이 시가 내게 가장 안정감 있게 다가오는 이유는 바로 거기에서 연유합니다. 내가 좋아하는 중견시인 중에 김명수라는 시인이 있는데, 그의 시 한편을 여기 적겠습니다. 앞의 시와 한번 비교해 읽어보세요. 전혀 다른 소재를 다루고 있음에도 그 리듬이 실현되는 규칙이 닮았다는 느낌이 들 것입니다.

모룩이 피어 있는 보랏빛 엉겅퀴에
꿀벌 한 마리 파고들었네
손끝으로 건드려도
엉겅퀴꽃 속 꿀벌 나오려 하지 않네
시켜서 이루어질 리 없는 전일한 합일이여
하얀 망초꽃도 그 곁에 피어 있어
초여름 햇살조차 내려앉으니
나 또한 끼여들 작은 공간이여
나 있어 이 산야에 흠이 없다면

꽃과 벌 사이의 아늑한 길에

오래도록 발 멈춰 나도 서 있네

—「작은 공간」 전문(『바다의 눈』, 창작과비평사 1995)

2

유종호 교수는 최근 어느 문학지와의 대담 자리에서 이런 말을 한 적이 있습니다. "훌륭한 문학작품은 따지고 보면 모두 제가끔의 방식으로 훌륭한 작품으로 존재하고 있다. 그렇지만 추상적인 차원에서나마 시의 이상형을 상정하게 되면 뜻과 소리의 조화로운 통일을 일단 저는 이상형이라고 생각한다". 문학작품의 존재방식에 대한 가장 탁월한 발언이라고 생각합니다. 최영철의 이번 시집에서 최영철의 방식으로 가장 훌륭한 작품 하나를 꼽으라면 저는 단연 그의 생태적 사유가 자연스럽게 구현된 「속도」를 들고 싶습니다.

봐라 저 저놈의 성질

옆에서 뭐라고 조잘대는 동박새 두고

동백은 핀 그대로 바다에 투신하는데

제주 성산포 노란 개나리

비행기 쾌속선 고속전철 다 두고
급할 것 하나 없이 아장아장 걸어가고 있네

산수유 진달래 두견화 같은 것
갈 테면 먼저 가라고
제주에서 서울까지 한 이십일
이제 막 걸음마 배운 어린아이 걸음으로
방울뱀 청개구리 두더지 같은 것
꽃샘바람 하하 흔들어 깨우며
제주에서 서울까지 어슬렁 한 이십일

닫아건 문전마다 살랑살랑 치마폭 날리며
봐라 저 저놈의 급할 것 하나 없는
흐드러진 노랫가락

그래도 다 못 깨운 이쁜 놈들
봄 온 줄 모르고 늘어지게 자고 있는
흙무더기 들어올리다 널브러진

저 이쁜 놈들 다 우야꼬

—「속도」 전문

익살과 여유와 웃음과 그리고 시적 어슬렁거림과 한눈팔기가 다 동원된, 한마디로 이제까지의 그의 시에서는 좀체로 발견하기 힘들었던 '해학'이 가장 그답게 실현된 시입니다. 맨 마지막 행의 "우야꼬"를 한번 보세요. 시 전체에서 어슬렁거리며 이제까지 다 말하고도 아직 말 못한 것이 더 남아 있다는 듯 여유를 부리고 있는 이 방언의 적절한 구사는, 「봄날」의 "댕그랑댕 백원 동전 떨어지는 소리/동전 던진 여자의 뒷모습 따라/숭그랑숭 동냥치 눈물 맺히는 봄날"의 "숭그랑숭"과 함께 그의 이번 시집 최대의 미학적 산물로 기록될 것입니다. (이밖에도 "히줄래기"(「손」) "시부렁 지부렁"(「다대포 일몰」) "때기장친"(「그 자장면집」) 등 나로서는 처음 듣는, 그러나 그게 무슨 뜻인지가 성큼 와닿는 싱싱한 사투리가 많습니다.) 적절하게 구사된 방언 하나가 시 전체를 생동케 하는 것은 또 그만큼 그의 시 운용이 어느 경지에 이르렀다는 표지이기도 합니다.

3

끝으로 그로테스크한 그의 시에 대해 한마디. 「돼지들」 「네모난 집」 「푸줏간 이야기」 「야경」 「010101, 압권? 엽기?」 등에서 보여주는 "육체의 왜곡과 과장"(전영주 「한국 현대시의 그로테스크 미학」, 『문학·

선』 2003년 상반기호)을 통한 후기자본주의 사회의 도시문명에 대한 통쾌한 조소와 풍자는 일단은 그의 시의 영역 확장을 위해서 긍정적인 시도로 보입니다. 그러나 그 미학적 성과는 아직은 「푸줏간 이야기」 외에서는 나타나지 않고 있는 것 같습니다. 그의 생태적 사유와도 연관되는 현대 도시문명 전반에 대한 비판은 이미 최승호와 김언희 등의 시에서 수월(秀越)한 성취를 보인 바 있어 최영철의 도전이 그다지 새로워 보이지 않는다는 점도 고려되어야 할 것입니다. 최영철의 미학적 수월성이 보다 더 긍정적이고 창조적으로 적용되는 영역은 아마도 「그 자장면집」이나 「서해까지」 「다대포 일몰」 그리고 「862원」 「손」 「유유자적」 등에서 충분히 효과를 발휘하고 있는 해학과 익살 쪽이 아닌가, 그렇게 생각해봅니다. 참, 「DMZ의 두루미」도 뛰어난 익살, 아니 반전(反轉)의 시학이 발휘된 시입니다.

(2004)

나희덕의 『어두워진다는 것』

1

『어두워진다는 것』에서 가장 아름다운 시 한편을 고르라면 나는 선뜻 「상현(上弦)」을 들고 싶습니다.

> 차오르는 몸이 무거웠던지
> 새벽녘 능선 위에 걸터앉아 쉬고 있다
>
> 신(神)도 이렇게 들키는 때가 있으니!
>
> —「상현」 부분

라는 구절은 얼마나 아름답습니까! 이 시집은 어둠의 기조 속에서도 이렇듯 밝은 지향으로 빛나고 있습니다. 말하자면 어둠은 역으로 "능선 근처 나무들"의 "환한 상처"를(「상현」) 드러내기 위한 배경으로 작용하는 셈이지요.

2

이번 시집에서 가장 파격적인 시 한편을 고르라면 「새를 삼킨 나무」를 들고 싶습니다. 「새를 삼킨 나무」는 나희덕의 시 중에서는 예외적일 정도로 모든 세세한 진술을 생략한 채 석양녘 "검은 입으로 새를 삼킨 나무"를 직절적으로 드러내고 있어서 섬뜩한 느낌마저 듭니다. 그리고 그로테스크할 정도로 저녁의, 가장 저녁다운 사물의 풍경을 보여줍니다. 그러나 이 시에서도 그는 '균형감각'(이 단어야말로 나희덕 미학의 특허상표이기도 합니다만)을 지닌 화자를 등장시켜 맨 마지막 연을 결국 인간사의 세계로 끌어내리고 맙니다.

그 새-나무 그늘에 아무리 앉아 있어도
끝내 나를 삼켜주지는 않고
어둠만 어둠만 밀려와

닫혀진 문 앞에서 나 오래도록 서성거리고

—「새를 삼킨 나무」 부분

그는 「탱자」라는 시에서 "과즙이 향유가 되는 건/놀라움이 식지 않았을 때의 일"이라는 발언을 한 적이 있는데, 「새를 삼킨 나무」는 인간사의 돌연한 개입으로 말미암아 시적 향유가 그만큼 증발하고 만 셈이지요.

3

「상현」 다음으로 아름다운 작품은 「흰 광목빛」입니다. 맨 마지막 행의 "미륵 한쌍이 석양 속으로 사라진다/두 개의 점, 흰 광목빛"은 이 시집 속의 가장 눈부신 성취인 듯싶습니다. 시골 부부의 풀 먹인 평범한 광목 목도리가 미륵의 눈부심으로 승화되고 있기 때문이지요. 「석불역(石佛驛)」도 아름다운 시입니다. "눈 녹는 역사 마당에/쓰러질 듯 서로를 고이고 있는/연탄재들"을 통해 "소신공양을 끝내고 막 돋아나는" 살빛을 발견하는 시의 눈이 신선하고 놀랍습니다. 그런데 나희덕이 이번 시집에서 진짜로 드러내고 싶었던 시세계는 「그 복숭아나무 곁으로」와 「벽오동의 상부」 같은 겹의 마음, 혹은 어떤 사물이 지니고 있는 단단한 결집(검은 씨) 같은 것이었을 것으로

추측됩니다. 그러나 나는 그 정치한 시의 전개에 감응하면서도 시적 경이감을 느끼지는 못했습니다. 유성호가 「발문」에서 지적했듯이 나희덕의 시는 이렇듯 때때로 너무 논리적 유추의 힘에 의존하고 있습니다. 겹의 마음도 존중되어야 하고 사물의 단단한 꿈들에 대한 시적 탐색도 존중되어야 하겠지만 시인의 지나친 시적 의도는 때로 그의 시를 완고한 형식논리에 가두어버리고 맙니다.

4

그런 점에서 나는 나희덕 시인에게 오히려 이런 '유희의 시편'들을 권하고 싶습니다. 「너무 늦게 그에게 놀러 간다」라는 시는 친구의 죽음을 조상하는 듯한 시이지만 오히려 소란스럽지 않을 정도로 경쾌하게 시의 격을 유지하면서 그 시격을 깨뜨리는 즐거운 파괴가 있습니다. 「불 켜진 창」 또한 우연히 자기가 빠진 집 안의 풍경을 들여다보는 경이의 시선이 살아 있습니다. 「어떤 하루」도 찬찬한 묘사의 시이지만 발견의 신선함이 살아 있으며 「나비를 신고 오다니」도 비상에의 사뿐한 욕망이 숨쉬고 있습니다. 그밖에 「돌베개의 꿈」 「언덕」 등도 재미스런 표현들, 가령 "아코디언처럼/누가 계단을 불고 있다"(「돌베개의 꿈」)라거나 "늙은 고양이/어슬렁거리며/언덕을 내려올 때/언덕도 몇발짝 따라 내려오고"(「언덕」) 등등이 살아 있습니다.

그리고 사실 우리가 시를 읽는 이유는 바로 시인의 이런 살아 있는 표현에 자신의 온몸의 숨결을 갖다대고 싶어서가 아닙니까. 나는 나희덕 시인이 어떤 정돈된 규격에서 벗어나 가끔은 이렇게 "나비를 신고" 비상하는 시인이 되었으면 합니다. 「어떤 하루」의 마지막 구절은 이렇게 끝납니다. "나는 방금 그가 건너간 풀 한가닥 위에 발을 슬며시 올려놓았다". 그리고 「허락된 과식」이란 시의

오랜 허기를 채우려고

맨발 몇이

봄날 오후 산자락에 누워 있다

라는 표현도 신선했습니다.

5

그런데 나희덕에게도 그 나름의 굳어진 시적 표현형식이 있습니다. 가령,

열매가 저절로 터지기 위해

나무는 얼마나 입술을 둥글게 오므렸을까

검은 숲에서 이따금 들려오는 말소리,

—「저 숲에 누가 있다」 부분

여기까지는 괜찮습니다. 그러나 이어지는 다음 행들은 그 지나친 시적 의도로 말미암아 평이한 잠언적 진술로 하향하고 맙니다.

나는 그제야 알게도 된다
열매는 번식을 위해서만이 아니라
나무가 말을 하고 싶은 때를 위해 지어졌다는 것을
……타다닥…… 따악…… 톡…… 타르르……

이에 비하면 「소리들」 같은 시에서 "승부역에 가면/하늘도 세 평 꽃밭도 세 평" 그리고 맨 마지막 구절의 "고요도 세 평" 같은 표현은 얼마나 수월하며 자연스럽습니까. 내 얘기의 결론은 다음과 같습니다. 시인은 그 자신 안의 비평가를 의식하지 말고 시를 써야 한다는 것. 시인은 그가 시인인 줄 모르고 쓸 때 가장 좋은 시가 태어난다고. 시에 관한 산문집에서 그도 다음과 같은 말을 하지 않았던가요. "나는 언젠가 독자적인 시론을 가진 시인이 되고 싶지만, 시론에 갇히는 시인은 되고 싶지 않다."(「탄생의 순간을 포착하는 시론」, 『보랏빛은 어디에서 오는가』, 창비 2003, 42면)

(2004)

손택수의 『호랑이 발자국』

1

1966년에 젊은 이성부 시인은 「서울식 해녀」를 썼습니다. 이성부 시인의 시들이 가장 발랄할 때이지요.

도시의 옆구리, 관광객을 부르고

케이블 카는 머리 위로 기어갔다.

옥상에 앉아 지껄이는 취객들이 서너군데,

위스키를 따르는 내 찬 손을

꼬옥 쥐면서, 젊은 여자가 거듭 말했다.

과학이란 우리에게 있어요.

남해바다
밑의 무중력, 그 생리를 연구해 보셨나요?
전복을 따는 손의 면밀성,
호흡기 장애, 혹은 유방의 화려,
올해 스물여섯, 고향은 서귀포
몸집이 크고 통명스러운, 여학교를 다닌 여자랍니다.

—「서울식 해녀」 부분

그런데 약 40여년의 간격을 두고 21세기의 젊은 시인 손택수는 「방어진 해녀」를 발표합니다.

방어진 몽돌밭에 앉아
술안주로 멍게를 청했더니
파도가 어루만진 몽돌처럼 둥실둥실한 아낙 하나
바다를 향해 손나팔을 분다
(멍기 있나, 멍기 —)
한여름 원두막에서 참외밭을 향해 소리라도 치듯
갯내음 물씬한 사투리가
휘둥그래진 시선을 끌고 물능선을 넘어가는데
저렇게 소리만 치면 멍게가 스스로 알아듣고
찾아오기라도 한다는 말인가

하마터면 실성한 여잔가 했더니
파도소리 그저 심드렁
갈매기 울음도 다만 무덤덤
그 사투리 저 혼자 자맥질하다 잠잠해진 바다
속에서 무엇인가 불쑥 솟구쳐올랐다
하아, 하아 — 파도를 끌고
손 흔들며 숨차게 헤엄쳐 나오는 해녀,

—「방어진 해녀」 부분

앞의 시의 배경이 케이블카가 지나가는 걸로 보아 지금의 'N서울타워'가 들어선 남산의 어느 바였다면, 손택수 시의 무대는 드넓은 몽돌 바닷가입니다. 그리고 두 시를 매개하는 공통점이 있다면 두 시인 다 언어의 숙련공들이라는 것, 적확한 언어 구사로 대상을 장악하는 시적 솜씨가 대단하다는 것이겠지요. 신경림 시인은 어느 심사평에서 이 시집을 이렇게 말한 바 있습니다.

> 또한 이 시집에서 간과해선 안될 것은 활력에 넘치는 언어로서, 말에 대한 시인의 빼어난 감각이 그의 시를 활기차게 만드는 또 하나의 동력이 되고 있다. (『창작과비평』 2003년 겨울호, 444면)

「방어진 해녀」에서 말에 대한 "빼어난 감각"을 과시하는 대목은 많지만 특히 꼽자면 "파도소리 그저 심드렁/갈매기 울음도 다만 무덤덤/그 사투리 저 혼자 자맥질하다 잠잠해진 바다" 다음에 "하아, 하아—파도를 끌고/손 흔들며 숨차게 헤엄쳐 나오는 해녀"를 묘사하는 부분일 것입니다. 제가 손택수 시를 좋아하는 첫번째 이유는 그의 언어 운용능력이 이처럼 탁월하기 때문입니다. 불과 24행으로 구성된 「방어진 해녀」는 살아 있는 바닷가 풍경을 실제보다 더욱 살아 있게 합니다. D. H. 로런스가 "세잔의 거대한 노력은 말하자면 사과를 자신으로부터 밀어버려서 그것 스스로 살게 놓아두려는 것이었다"(*Phoenix*, 967면; 백낙청 「로렌스와 재현 및 (가상)현실 문제」, 『안과밖』 1996년 하반기호, 285면에서 재인용)라고 한 바 있는데, 뛰어난 시 한 편은 현실을 재현하되 이처럼 전혀 다른 풍경으로 "그 살아 있는 순간"을 드러냅니다. 그리고 우리가 시를 읽는 이유는 "인간과 그를 둘러싼 우주 사이의 관계를 그 살아 있는 순간에 드러내는 일"(D. H. 로런스 「도덕과 소설」; 백낙청, 앞의 글 274면에서 재인용)에 부딪치고 싶어서인 것이지요.

2

손택수는 또한 묘사에 능한 시인입니다.

습자지처럼 얇게 쌓인 숫눈 위로
소쿠리 장수 할머니가 담양 오일장을 가면

할머니가 걸어간 길만 녹아
읍내 장터까지 긴 묵줄(墨竹)을 친다

—「묵죽」 부분

얼마나 아름다운 모습입니까. "소쿠리 장수 할머니"의 발자국이 "묵죽"이 되어 소년 화자의 시선에 "짙은 농담"을 이루고 있습니다. 「외딴 산 등불 하나」도 아무런 설명 없이 너무나 아름다운 시입니다.

저 깊은 산속에 누가 혼자 들었나
밤이면 어김없이 불이 켜진다
불을 켜고 잠들지 못하는 나를
빤히 쳐다본다

누군가의 불빛 때문에 눈을 뜨고
누군가의 불빛 때문에 외눈으로
하염없이 글썽이는 산,

그 옆에 가서 가만히 등불 하나를 내걸고

감고 있는 산의 한쪽 눈을 마저 떠주고 싶다

—「외딴 산 등불 하나」 전문

바로 그 옆에 실린 「단지(斷指)」도 묘사가 적확하게 선명한 시입니다.

못물 속에 잠긴 버들가지
손가락 하나가
얼음 속에 끼여 있다

—「단지」 부분

3

그러나 이 시집의 가장 손택수다운 시적 특성은 아무래도 「옻닭」 「소가죽북」 「지장」 「아버지의 등을 밀며」 「아버지와 느티나무」 등에 있을 것 같습니다. 이성복의 『뒹구는 돌은 언제 잠깨는가』(문학과지성사 1980) 이후 우리 젊은 시인들의 시적 탐구는 주로 '아버지의 부정'에 초점을 맞추어 자신의 정체성을 확인하는 것이 주류를 이루어왔습니다. 그러나 이 젊은 시인은 정반대로 '아버지의 계승' 쪽에 자신의 시적 정체성을 세우려 하고 있습니다. 그것이 가장 잘 드러나고 있는 시가 「아버지와 느티나무」입니다. "아버지의 스무살" 적 "구겨진 흑백사진 속의 구겨진 느티나무"에서 촉발된 시적 정서는 아버지의 굽은 등처럼 "한쪽으로 비스듬히 누운 느티" 곁에 나도 언제 돌아가 "당신을 쏙 빼닮았다는 등허리를 아름드리 둥치에 지그시 기대어"보며 "그가 꾸다 만 꿈과 슬픔까지를" 꿈꾸고 노래하게 될 것이라는 '시인의 운명'을 조용히 수락합니다. 그리고 손택수는 아버지의 못다 꾼 꿈을, 흑백사진 속에서 그가 못다 부른 노래를 계승하는 쪽에 "나의 남은 생은 온전히 바쳐져도 좋을는지 모른다"라는 서슴없는 고백으로까지 나아가고 맙니다. 모든 자연적인 것들을 인위적인 것으로 가공해야 시가 된다고 여기는 이 21세기의 한국 젊은 시단에서 그래서 손택수는 의외의 자기 자리를 차지하고 있다 할 수 있습니다. 손택수는, 말하자면 신경림의 『농무』로부터 시작된 저 계몽의 70년대 한국 민중시를 한 세대를 격해서 계승하고 있는 셈이지요. 효자라고 해야 할까, 아니면 낡았다고 해야 할까. 그러나 70년대의 신경림이 하늘에서 뚝 떨어져 나온 시인이 아니라 30년대의 이용악, 백석 등을 독창적으로 갱신하며 계승했듯이 손택수 또한 70년대 이래 이 땅의 민중시 전통을 창조적으로 갱신하며 계승하고 있다 해야 할 것입니다. 다시 한번 신경림 선생의 그에 관한 독후감을 인용하는 것으로 저의 소감을 끝맺고자 합니다.

『호랑이 발자국』은 우선 집요하고 치열한 한편 자유롭고 분방한 상상과 표현으로 독자를 사로잡는다. 어찌 보면 시의 내용은 평생 일만 하면서 산 아버지, 그 아버지 밑에서 큰소리 한번 못 치고 산 어머니 등 아주 낯선 것이라고 하기는 어렵다. 그러나 상상력의 폭이 넓고 깊을 뿐더러 문법이 아주 새로워서, 시 한편 한편이 엄청난 탄력을 가지고 압도한다. 아버지와 옻닭을 먹으면서 옻닭의 모습과 아버지의 일생 그리고 나의 삶을 연결시키거나(「옻닭」), 당나귀를 가지고 시와 사람 사는 일을 통틀어 야유하는(「당나귀는 시를 쓴다」) 일은 아무나 쉽게 할 수 있는 일이 못될 터이다. (앞의 책 443~44면)

(2004)

김행숙의 『사춘기』

1

김행숙 시의 특징 중의 하나는 '다성 화자'의 등장에 있습니다. '사춘기 6'이라는 부제가 붙은 「친구들」이라는 시가 대표적이지요. 이 시엔 자살을 시도하다 실패하여 "앰뷸런스에 실려 가는 중인" 전화벨의 주인공으로부터 시작하여 최소한 5,6명 정도의 소녀들이 등장해 왁자지껄한 '대화'들을 토해내고 있는데, 이 대화들은 어떤 일목요연한 의미들을 향해 모아지는 것이 아니라 끊임없이 의미 위를 미끄러지면서 물방울처럼 퍼져나갑니다. 그러면서 어떤 분위기를 통해 소녀들의 지금 상황이 안정되고 행복한 것이 아니라 불안하고 위태롭다는 것을 암시하는데, 다음과 같은 마지막 연이 특히 그러합니다.

> 갠 멋진 데가 있었어. 우린 모두 조금씩 그래. 애들은 종이에 썼어요. 애들아, 우린 추억하려고 모인 게 아니잖아. 3시에 바닷가에 있었고 모레에는 기차를 탈 거야. 가끔 우리는 여기에 있을 거야. 우린 천천히 조용해졌어요.

과거와 미래 그리고 현재 시제가 교차하면서 "천천히 조용해"지는 소녀들의 대화는 "모레에는 기차를 탈" 예정이고 "3시에 바닷가에 있었"으며 모처럼 "특별한 날"을 잡아 "실용적인 주소록을 만들기" 위해 즉 "모두 일목요연해지려고" "여기에" 모여 있는데 "지옥행을 시도"한 친구의 돌연한 전화벨 때문에 그렇지 않아도 불안해 보이는 이들의 미래가 더욱 음울하고 순탄치 않을 것임을 예감케 합니다. 왜냐하면 자살을 감행한 친구는 나의 또다른 '나'이고, 수많은 '나'이기 때문입니다(평론가 강계숙에 의하면 "복제된" 나입니다(「호모 비디오쿠스의 시쓰기」, '금요일의 문학이야기' 2004.5.21.)). 그리하여 다음과 같이 슬쩍 끼워넣은 듯한 시에 관한 삽화를 통해 자신의 시 쓰기가 실상은 "엄마 손에 잡혀" "어디론가 끌려가고 있"는, 즉 '꽃잎처럼 떨어'진 닫힌 자아들의 해방된 언어를 지향하고 있음을 은연중 드러내고 있습니다.

그런데 절대 시 쓰진 마. 그냥 아무렇게나 쓰면 돼.

김행숙의 시는 "일목요연해지려"는 것을 거부하는, 즉 과거 서정시의 권위(1인칭 화자의 동일성의 원리에 기초한)를 배격하는 데에서 출발하고 있는 것입니다.

2

그래서 그만큼 그의 시의 지각방식은 다릅니다. 나는 김행숙 시의 지각방식을 '감각의 시학'이라고 부르고 싶습니다. 이 시집 맨 앞에 실린 「조각공원」이라는 시는 이렇습니다.

비둘기 한 마리가 발가락 사이에 부리를 넣었다 뺐다 넣었다를 시계추같이 반복한다. 그의 발가락 옆에서 「무제 II」라는 그의 이름을 보았다. 끄덕끄덕 시간이 흘러가고 있었다.

잔디를 손바닥으로 쓸면서 한 여자가 그의 곁에 앉아 있었다. 그녀의 손바닥이 느리게 움직일 때마다 풀들은 순순히 몸의 방향을 바꿨다. 그녀가 하는 생각을 알 수 없었다.

—「조각공원」 전문

정말이지 "그녀가 하는 생각을 알 수 없"지만 나는 이 시를 감각하면서 시간이 "끄덕끄덕 (…) 흘러가"는 것을 느낄 수 있으며, "그녀의 손바닥이 느리게 움직일 때마다" "순순히 몸의 방향을" 바꾸는 풀들의 움직임을 미세하게 느낄 수 있습니다. 「무제Ⅱ」라는 조각 작품의 제목처럼 그녀의 시는 정작 아무것도 이야기하지 않으면서 그 무엇의 풍경을 느끼게 합니다. 이 시에서 우리는 "발가락 사이에 부리를 넣었다 뺐다 넣었다"를 반복하면서 "끄덕끄덕 (…) 흘러가는" 시계추 같은 시간의 더딘 흐름을 감각하면 되는 것입니다. 그리고 그 곁에서 "느리게 움직"이는 "그녀의 손바닥"의 촉감과 방향을 바꾸는 연록색 풀들의 움직임을, 아니 「무제Ⅱ」를 닮아 조각상처럼 무표정한 알 수 없는 한 여자의 동작과 권태감을, 아니 조각상과 여자 사이를 흘러가는 시간의 "끄덕끄덕"한 흐름을. 「조각공원」이라는 작품은 이렇듯 정교하고 아름답습니다. 그리고 그 느낌도 아름답지요.

(2004)

안도현의 『아무것도 아닌 것에 대하여』

1

안도현이 얼마나 기발한 상상력의 시인인가를 보여주는 시들로 이번 시집은 꽉 차 있습니다. 그중에서도 다음과 같은 시가 대표적이지요.

일찍 나온 초저녁별이
지붕 끝에서 울기에

평상에 내려와서
밥 먹고 울어라, 했더니

그날 식구들 밥그릇 속에는
별도 참 많이 뜨더라

찬 없이 보리밥 물 말아먹는 저녁
옆에, 아버지 계시지 않더라

—「마당밥」 전문

아버지 없는 집의 한 가족의 '마당 식사' 장면을 짐짓 아무렇지도 않은 듯 묘사한 이 한편의 시에는 사실 아버지를 잃고 울음을 참으며 찬물에 우적우적 "보리밥 (…) 말아먹는 저녁"의 풍경이 행간에 아프게 배어 있는데도, 안도현 상상력 특유의 경쾌한 역설과 발견의 시학이 개입하여 그 슬픔을 아무것도 아닌 척 심드렁하게 표현하고 있는 것입니다. 그러나 "평상에 내려와서/밥 먹고 울어라, 했더니//그날 식구들 밥그릇 속에는/별도 참 많이 뜨더라"에는 가장 잃은 집의 막막한 가난과 슬픔이 깊게 각인되어 있습니다. 바로 그 앞에 실린 「아버지의 런닝구」라는 시는 "황달 걸린 것처럼 누런 런닝구/대야에 양잿물 넣고 연탄불로 푹푹 삶던 런닝구/빨랫줄에 널려서는 펄럭이는 소리도 나지 않던 런닝구"처럼 '아버지의 런닝구'에 대한 집요하리만치 끈질긴 묘사 하나만으로 한 가족의 가난의 역사를 역설로 깊이 드러냅니다. 안도현 시가 독자에게 쉽게 물리지 않고 즐겁게 오래 읽히는 이유를 나는 이 역설과 발견의 시학이 매편의 시마다 경쾌하게 작동하고 있기 때문이라고 생각합니다. 이번 시집 중 그 어느 쪽을 펼쳐도 '상식'을 그대로 전언처럼 옮긴 교훈적이고 교과서적인 시는 없습니다. 매편의 시마다 안도현의 눈길을 한번 통과했다 하면 사물들은 금방 다음의 구절처럼 신선한 활력과 넘치는 상상으로 시적 도약을 하는 것이지요.

이 지상에는 없는 복숭아밭이 바닷속에 있는 게 틀림없다
수족관 속 저 도미 좀 보아라,
꽃 핀 복숭아나무에다 얼마나 몸을 비벼댔으면
저렇게 비늘 겹겹이 발갛게 물이 들었겠느냐
사랑이란, 비린 몸을 달구는 일이었으리라

—「도미」 부분

살구꽃……
살구꽃……

그 많고 환한 꽃이
그냥 피는 게 아닐 거야

너를 만나러 가는 밤에도 가지마다

알전구를 수천, 수만 개 매어다는 걸 봐

(…)

그래,
살구나무 어디인가에는 틀림없이
살구꽃에다 불을 밝히는 발전소가 있을 거야

—「살구나무 발전소」 부분

2

그러나 이번 시집에서 가장 성취도가 높은 한편의 시를 고르라면 나는 「얼음 매미」를 들고 싶습니다.

매미가 벗어놓고 간 허물 속으로, 눈이 내린다

이 누더기의 주인은 저 광활한 우주 속으로 날아갔는데

눈은 비좁은 구멍 속으로
자꾸 자꾸 내린다, 그리하여 쌓인다

하늘은 몇 번이나 녹았다가 얼고,

(이 겨울이 지날 때쯤 나는 매미 허물을 가만히 벗겨봐야겠다고 생각한다)

그러면 날아갈 줄도 모르고, 발을 가슴께로 그러모은
얼음 매미 한 마리가 거기 웅크리고 있겠지

6연 8행으로 이루어진 이 시는 어느 구절, 아니 조사 하나라도 빼면 와르르 무너져버릴 듯 꽉 찬 여백과 침묵으로 응축돼 있습니다. 특히 4연의 "하늘은 몇 번이나 녹았다가 얼고," 같은 한 행의 처리는 얼마나 능숙하며 압축적인가요. 그리고 괄호 속에 처리된 한 행의 의도적인 산문의 머뭇거림을 거친 뒤에 정작 시인의 오래 참았던 회심의 구절이 신생처럼 터져나옵니다. "그러면 날아갈 줄도 모르고, 발을 가슴께로 그러모은/얼음 매미 한 마리가 거기 웅크리고 있겠지". 그리하여 우리는 "허물 속"에서 상상력의 위대한 힘으로 "얼음 매미 한 마리"의 탄생을 목도하게 된 것입니다. 상상력이 활달히 개진되고 있는 작품은 이외에도 많습니다. 대충 그 제목만 들어도 이러합니다. 「도둑들」「사냥」「꿩이 운다」「벚나무는 건달같이」「해찰」「햇살의 분별력」「논물 드는 5월에」「눈 오는 밤」「깃발」 등등. 안도현 시의 상상력이 마음껏 구가되는 것은 그의 언어 운용이 그만큼 자유자재하고 완벽에 가깝게 능숙하기 때문에 가능한 것입니다. 폐일언하고 그의 상상력의 활달함과 그것을 섬세하게 받쳐주는 언어의 세기(細技)가 탁월하게 구사된 시 한편을 더 인용하는 것으로 이 소감을 마치고자 합니다. 「해찰」이란 시입니다.

봄날, 병아리가 어미 꽁무니를 좇아가고 있다
나란히 되똥되똥 줄 맞춰 가고 있다

연둣빛 풀밭은 병아리들 발바닥을 들어올려 주느라 바쁘다
꽃이 진 자리에 꽃씨를 밀어올리느라 민들레꽃도 바쁘다

민들레 꽃대 끝에 웬 솜털 같은 눈이 내렸나?
병아리 한 마리 대열에서 이탈해 한눈을 팔고 있다

그리고는 꽃씨에다 노란 부리를 톡, 대어본다
병아리는 햇빛을 타고 날아간다
허공에다 발자국을 콕콕 찍으며 하늘하늘 날아간다

—「해찰」 전문

언어의 부림이 자칫하면 그냥 재치에 떨어질 것처럼 위험하고 아

슬아슬하면서도 안도현은 그러한 우리의 우려를 쓸데없는 것으로 불식하면서 상상의 일대 도약으로 시를 저만큼 상승시킵니다. 그리하여 우리는 병아리와 함께 봄 한낮의 유쾌한 비상을 경험하는 것이지요. “병아리는 햇빛을 타고 날아간다/허공에다 발자국을 콕콕 찍으며 하늘하늘 날아간다”. 「벚나무는 건달같이」도 얼마나 유쾌한 시인가요.

군산 가는 길에 벚꽃이 피었네
벚나무는 술에 취해 건달같이 걸어가네

꽃 핀 자리는 비명이지마는
꽃 진 자리는 화농인 것인데

어느 여자의 가슴에 또 못을 박으려고……

돈 떨어진 건달같이
봄날은 가네

—「벚나무는 건달같이」 전문

아마 우리는 봄마다 벚꽃을 만날 때마다 안도현의 이 기발한 시를 계속해서 반복적으로 떠올리겠지요. 이처럼 시란 무겁고 골치 아픈 것만이 아니라 유쾌하고 즐거운 유희이기도 한 것입니다, 그 안에 그 무엇에 대한 비유를 내장한. 안도현의 저 시는 말하자면 꽃 핀 봄날 전군가도(全群街道)의 한 건달에 대한 익살스러운 애정이 담뿍 담겨 있습니다. 그리고 벚꽃과 건달의 대비란 또 얼마나 절묘하고 통쾌한 것인가요. 다시 한번 말하지만, 시란 때로 이처럼 부담 없는 순수한 말의 유희이기도 합니다.

(2004)

박영근의 『저 꽃이 불편하다』

1

박영근 시인이 2003년에 제5회 백석문학상을 받았을 때의 심사평(『창작과비평』 2003년 겨울호)들을 여기 한번 옮겨보겠습니다.

대체로 박영근 시인이 우리 시의 지도에 차지하고 있는 자리가 저 80년대의 노동문학 테제로 중무장된 어떤 주의주의(主意主義)적인 시학의 대표자로 매김되어왔다는 게 그의 시를 읽는 데 상당히 방해가 되지 않나, 그렇게 나는 느낀다. 그의 시와 그가 살아온 행로가 (…) 그런 맥락을 끌고 들어오면서 동시에 그것에 대한, 이른바 인식론적 단절을 요하는 시 자체의 힘, 시가 산문적 지상으로부터 스스로를 띄우는 부력(浮力)을 강력하게 발휘하고 있다. (…)

(…) 매미들이
온통 살아 제 몸을 운다

한낮이 쟁쟁할수록 맹렬하게
지쳐가는 내 몸을 흔들어대고
숲의 여름빛 전체를 들어올린다,
그늘의 허기까지

—「절정」 부분

이처럼 단연 "그늘의 허기"를 느낄 수 있는 사람이 시를 아는 사람 가운데 몇이나 될까? 또한 그의 절창 가운데 하나인 「낙화」에서 "내 몸 어디//캄캄한 가지 속에서//햇빛이 저를 밀어올리는 것인가//백목련 건너 모과나무 한 그루//마주 선 채 아침놀 받고//밤 사이 누가 왔나 보다//온몸이 홍건하다"는 이 도저한 육감(肉減) 앞에서 나는 탄복하지 않을 수 없다. 그리고 아프다. (황지우)

『저 꽃이 불편하다』의 시들은 일견 표현이 소박하고 꾸밈이 없는 것 같다. 그러나 더 깊이 들여다보면 이 시집의 시들에서는 말을 극도로 아끼고, 깎고 다듬는 장인의 손길이 느껴진다. (…) 어쩌면 이 시인은 겉으로 드러나지 않는 고도의 테크니션인지도 모른다. 더 중요한 것은 이 시집의 시들이 삶과 한치의 간격도 없이 일치하고 있다는 점이다. 고백하건대 나는 「어머니」 「흰 빛」 「길」 「눈이 내린다」 등을 읽으면서 몇번이고 속으로 울었다. (신경림)

「흰 빛」 「北斗」 「물결」 「카타콤」 같은 걸작들은 그러나 단순히 내부 응시라고만도 할 수 없는, 고통받는 영혼의 가장 깊은 떨림을 담고 있다. (염무웅)

2

그런데, "삶과 한치의 간격도 없이 일치하고" 있는 시가 정말 좋은 시일까요? 그리고 삶과 정확히 일치하고 있다는 준거는 도대체 어디에 있는 것일까요? 나는 이번 박영근 시집에서 가장 탁월한 시구는 다음과 같은 것이라고 생각합니다.

죽은 사람들이 다시 살아나 며칠 동안 신문을 팔았다
80년대와 90년대가 두서없이 찾아왔고
아, 지긋지긋한 불립문자(不立文字), 임시
막사의 희극, 찢어진

얼굴
나에게는 현실이 없었다
다시 시간이 흘러간다

—「나는 지금 어디를 바라보고 있는 것일까」 부분

이번 시집은 말하자면 없는 현실을, 내가 나에게 물으며 찾아가는 고통의 내성의 기록들입니다. 그리고 그 기록들 중에서 최고의 성취를 보이고 있는 시는 「흰 빛」이라고 생각합니다. 그리고 차선의 시 하나를 더 고르라면 「길」을 들고 싶습니다. 「늙은 산」과 「북두(北斗)」 그리고 황지우 시인이 극찬하는 「낙화」 등도 좋은 시이지만, 그 도저한 비애의 정조가 어떤 선행 시인의 지울 수 없는 강력한 영향을 부인할 수 없게 합니다. "훌륭한 문학작품은 따지고 보면 모두 제가끔의 방식으로 훌륭한 작품으로 존재하고 있다"라는 유종호 선생의 말을 따르자면 아직은 완벽하게 그만의 방식은 아니라는 것이지요. 기왕의 박영근적 작품의 연장선상에서 최상의 성취는 「카타콤」입니다. 그리고 어찌 되었든 「물의 자리」도 아름다운 작품입니다. 그러나 나는 황지우 시인이 높게 평가한 「절정」이나 신경림 시인이 읽으면서 울었다는 「어머니」나 「눈이 내린다」가 그다지 좋은 작품인지에 대해서는 선뜻 동의하기가 어렵습니다. 「어머니」는 너무 신경림적인 시이고(특히 초기의 「산 1번지」), 「눈이 내린다」는 또 너무 선언적인, 황지우 시인의 말대로 주의주의적인 시입니다. 그렇다고

「절정」의 그 무엇이 황지우 시인을 그토록 매혹했는지 나는 잘 모르겠습니다. 내가 보기엔 그냥 상식적인 시입니다. 「물결」 역시 그다지 뛰어난 작품은 아니라는 생각입니다. 「흰 빛」의 1연 2행부터 8행까지의 구절은 다음과 같습니다.

고통은 그냥 지나가지 않는다
아무도 없는 곳에서 혼잣소리로 미쳐갈 때에도
밥 한 그릇 앞에서 자신을 들여다보는 일이
치욕일 때도
그것은 어느새 네 속에 들어와 살면서
말을 건네지
살아야 한다는 말

이 시에는 한 독신자의 외로운 자기응시가 절대고독으로 승화되는 치열한 시적 몸부림이 있습니다. 그리하여 다음과 같은 '흰 빛'의 탄생이 극적 긴장의 순간에 어렵게 획득된 '거룩한 우연의 소산'이라는 것을 보여줍니다.

그래, 이제 시(詩)는 그만두기로 하자
그 숱한 비유들이 그치고
흰 빛, 흰 빛만 남을 때까지 (2004)

박형준의 『물속까지 잎사귀가 피어 있다』

1

박형준 시인은 작년에 『저녁의 무늬』(현대문학 2003)라는 산문집을 낸 바 있습니다. 그 속에 이런 구절이 나옵니다. "고향에 내려간 밤, 나는 공동우물 앞에 서 있었다. 단 한번도 비상하지 못한 삶이었지만, 언제나 혼자서 향긋한 두레박을 내리며 우물의 가장 깊은 곳까지 내려갈 수 있던 심연도 그렇게 뚜껑이 닫혀졌다."(59면) 그리고 또 이런 말도 있습니다. "시를 쓰는 일에서 시대를 보고 혁명을 꿈꾸는 거장들도 있고, 단순히 그때 나에게 왜 그런 일이 생겼을까를 상상하며 시를 쓰는 사람도 있다. 나는 후자이다. 그렇다. 미성년으로 남고 싶다는 열망이, 어느 날 나를 구원시켜줄는지도 모른다. 시를 쓰는 것은 나에겐 미성년으로 남고 싶은 욕망의 다른 이름에 불과했음을 고백한다. 그것은 이 세상 밖에서 문구멍으로 세상을 훔쳐보는 일이다."(67면) 맨 마지막의 구절은 빠블로 네루다를 연상케 합니다. 네루다에게도 어린 시절 판자 울타리에 뚫린 구멍을 통해 옆집과 세상을 훔쳐보는 것으로 이 세계를 발견해가는 이야기가 있습니다.

2

나에게 있어 박형준은 심연과 비상을 동시에 꿈꾸는 시인인 것 같습니다. 한없이 구멍 같은 바닥으로 내려가고 싶다는 것은 존재의 밑바닥에 닿고 싶다는 것이고, 그것은 또한 역으로 바닥을 치고 끝없이 하늘로 상승하고 싶다는 욕망의 다른 표현인 것입니다. 그래서 나는 그의 가장 뛰어난 시의 하나로 「폭풍의 날개」를 들고 싶습니다. 지금 그는, 아니 지상에서의 그의 삶은 "심연을 잃고/물 밖에 떨어진 잎사귀"인 셈입니다. 그러나 그 잎사귀는 "깊은 곳에서/날갯짓을 하며/요동치고 있"는, "흐린 잎맥의 기억으로/폭풍을 예감"(「폭풍의 날개」)하는 잎사귀입니다. 이 시의 1~2연은 이렇게 시작되고 있습니다.

심연에 내려가려면,

날개가 있어야 하리

버드나무 가지가
물 아래 잠겨 있다
잎사귀가
물 속까지 피어 있다

그런데 심연으로 내려가는 유일한 통로였던 유년의 우물의 뚜껑은 닫혀 있습니다. 시인은 상상력의 힘으로 그 닫힌 뚜껑을 열고 단 한번 비상하기 위해 바닥으로 내려가는 자입니다. "무엇을 말해도 시는 무엇을 말한 것이 아니니 남은 것은 비애의 얼룩"(『저녁의 무늬』 73면)뿐일지라도.

이 시집에서 또 한편의 아름다운 시는 기억(추억)이 정제된 형태로 빛나고 있는 「사랑」이라는 시입니다. 그중 1연만 옮겨 적으면 이렇습니다.

오리떼가 헤엄치고 있다.
그녀의 맨발을 어루만져주고 싶다.
홍조가 도는 그녀의 맨발,
실뱀이 호수를 건너듯 간질여주고 싶다.
날개를 접고 호수 위에 떠 있는 오리떼.

맷돌보다 무겁게 가라앉은 저녁해.

그리고 「저곳」도 빼어난 시입니다.

공중(空中)이라는 말

참 좋지요

중심이 비어서

새들이

꽉 찬

저곳

그대와

그 안에서

방을 들이고

아이를 낳고

냄새를 피웠으면

空中이라는

말

뼛속이 비어서

하늘 끝까지

날아가는

새떼

—「저곳」 전문

"달에서 아이를 낳고 싶다/누가 사다리 좀 다오"라는 「봄밤」이라는 시도 있습니다만, 나는 이 시를 읽을 때마다 그가 산문집에서 아프게 토로하고 있는 "단 한번도 비상하지 못한 삶이었"다는 말이 떠오릅니다. 그는 지금 지상의 방 한 칸에 독신자로 갇혀 "새들이/꽉찬/저곳"을 그리워합니다. 그에게는 정말 날개가 필요한 것이지요. 상상력이라는 거대한 날개가 말입니다. 그는 산문집에서 이렇게 말하고 있습니다. "제가 시를 쓰는 것은 그 풍경들을 묘사하기 위해서입니다. 세상에 아름다움을 하나 더하기 위해 시를 썼지만, 자꾸만 흐릿해지는 그 기억들을, 제 몸에 새겨진 나이테 같은 그런 추억들을 시로 옮기는 순간, 저는 무엇인가를 진술하고 싶다는 욕망에 사로잡히게 됩니다. 하지만 시로서 욕망을 발설하는 순간, 시의 형체는 산산이 깨어지고 맙니다. 묘사는 진술을 낳지만, 결국 진술은 비애를 낳는 셈이지요."(73면)

(2004)

정규화의 『오늘밤은 이렇게 축복을 받는다』

1

천상병 시인의 '70년 추석에'라는 부제가 붙은 「소릉조(小陵調)」라는 시의 전문은 이렇습니다.

아버지 어머니는
고향 산소에 있고

외톨박이 나는
서울에 있고

형과 누이들은
부산에 있는데,

여비가 없으니
가지 못한다.

저승 가는 데도
여비가 든다면

나는 영영
가지도 못하나?

생각느니 아,
인생은 얼마나 깊은 것인가.

그리고 2003년 말에 간행된 이 시집에 실린 정규화 시인의 「추석날」이란 시는 이렇습니다.

고향에도 못 가고
성묘도 못 갔다
내 몸부림만으로는

돈이 되지 않아서
예의고 체면이고 따질 만한
여유가 없다
그러나, 내게까지 찾아온
고마운 추석날
흐르는 눈물을 그냥 두고
고향이 있어도
고향에 못 갔다

—「추석날」 전문

"생각느니 아,/인생은 얼마나 깊은 것인가"라는 천상병의 어떤 초연한 시적 인식에는 미치지 못하지만 "그러나, 내게까지 찾아온/고마운 추석날" 같은 정규화의 구절은 천상병의 초탈한 시적 표현에 육박한다고 할 수 있습니다. 그리고 둘 다 "돈이 되지 않아서" 고향에 못 가지요. 이밖에도 천상병적 시적 표현에 근접한 또 한편의 시가 있으니, 그것은 이 시집 최고의 성취로 기록될 만한 「햇살 따뜻하고 바람 시원하게 부는 날」입니다.

햇살 따뜻하고
바람 시원하게 부는 날
나는 떠날 것이다

실컷 산천을 사랑해 봤고
지는 해 붙들고 억지도 써 봤다
한 생애 뒤돌아 보면
너무 많은 욕심을 부린 것 같다
많은 벗들과 아름답던 여인들이 그렇다
그러나 이 순간까지만 해도
그것이 욕심인 줄 몰랐다
하나같이 부질없는 짓임을
왜 몰랐을까
영원히 내 곁을 떠나지 않는 것은
내가 생애를 두고 키운
외로움뿐이다

—「햇살 따뜻하고 바람 시원하게 부는 날」 부분

이에 해당한다고 할 수 있는 천상병의 시는 그 유명한 「귀천(歸天)」입니다. "나 하늘로 돌아가리라/새벽빛 와 닿으면 스러지는/이슬 더불어 손에 손을 잡고,//나 하늘로 돌아가리라/노을빛 함께 단둘이서/기슭에서 놀다가 구름 손짓하면은,//나 하늘로 돌아가리라/아름다운 이 세상 소풍 끝내는 날,/가서, 아름다웠더라고 말하리라……" 둘 다 외로움의 극치에서 자연스럽게 터져나온 처연한 시입니다. 천상병을 연상시키는 시는 더 많지만 여기에 한편만을 더

들겠습니다. 이 역시 정규화의 절창으로 기록될 시입니다.

할말이 없다
산다고 살았는데
여기까지 왔다

우리 다섯 식구
오순도순 살,
방 한 칸이 없다

이 엄동설한에
애들은 얼마나 마음 아플까
눈앞이 캄캄해지더니
잠도 오지 않는다

애들아, 미안하다
우리 그만
하늘에 가서 살자

이런 밤에는
눈이라도

평펑 쏟아져 줬으면 좋겠다

—「서설」 전문

“산다고 살았는데” 그는 지금 “여기까지” 오고 말았습니다. 가난의 밑바닥으로 방 한 칸 없는 처지로. “애들아, 미안하다/우리 그만/하늘에 가서 살자” 대목을 읽었을 땐 내 가슴도 그만 그의 가슴처럼 시큰했다는 것만 여기 적어두기로 합니다. 일체의 시적 수사를 거부하고 화자가 곧 시인으로서 지상에서의 슬픈 삶의 자취를 가감없이 토로해내고자 하는 것이 그의 삶의 철학이자 시학입니다. 어느 호사가는 “모국어의 속살에 도달한 사람을 가리키는 말이” 시인이라고 했습니다만, 정규화의 시는 그냥 체험의 밑바닥을 치고 올라온 것들입니다. 시학이란 말은 지금의 그에게 오히려 거추장스러운 사치일지 모릅니다.

2

천상병처럼 일탈의 삶을 산 시인 중에 김관식이란 50년대 시인이 있습니다. 그의 「병상록(病床錄)」이란 시는 이렇습니다.

병명도 모르는 채 시름시름 앓으며

몸져 누운 지 이제 10년.

고속도로는 뚫려도 내가 살 길은 없는 것이냐.

간(肝), 심(心), 비(脾), 폐(肺), 신(腎)……

오장(五臟)이 어디 한 군데 성한 데 없이

생물학 교실의 골격표본처럼

뼈만 앙상한 이 극한상황에서……

어두운 밤 터널을 지내는

디이젤의 엔진 소리

나는 또 숨이 가쁘다 열이 오른다

기침이 난다.

머리맡을 뒤져도 물 한 모금 없다.

하는 수 없이 일어나 등잔에 불을 붙인다.

방안 하나 가득 찬 철모르는 어린것들.

제멋대로 그저 아무렇게나 가로세로 드러누워

고단한 숨결은 한창 얼크러졌는데

문득 둘째의 등록금과 발가락 나온 운동화가 어른거린다.

내가 막상 가는 날은 너희는 누구에게 손을 벌리랴.

가여운 내 아들딸들아,

가난함에 행여 주눅들지 말라.

사람은 우환에서 살고 안락에서 죽는 것,

백금 도가니에 넣어 단련할수록 훌륭한 보검이 된다.

아하, 새벽은 아직 멀었나보다.

—「병상록」 전문

“아하, 아직 새벽은 멀었나 보다”라는 탄식 속에서도 이 시는 가난 속에서도 위엄을 잃지 않는 아비의 서릿발 같은 준엄한 기상이 서려 있으니, 그 빼어남은 바로 “가난함에 행여 주눅들지 말라./사람은 우환에서 살고 안락에서 죽는 것”이라는 인식에 있습니다. 김관식처럼 도저하지는 않지만 정규화에게도 비슷한 인식의 시가 있습니다. 「지금 내 위 속에서는」이라는 시입니다.

지금 내 위 속에서는

4개의 혹이

자라고 있단다

그리고 콩팥에는 2개의 결석이 있다

그것들이 뭣인지는 모르지만

한 달간 약을 먹어 보고

삭지 않는다면

수술을 해야 된단다

공장에 다니는 딸,

서울대학교 경제학과 대학원에 다니는 큰아들,

한동대학교를 휴학하고

영국연수를 꿈꾸는 작은아들

내가 죽으면

모든 게 헛일인데, 그놈의 혹과 돌이

너무 일찍 돋아났다

4년 정도만 더 기다려 줄 것이지

내게는 한 마디 상의도 없이

무슨 미련이 있어

머뭇거리냐고 호통이다

—「지금 내 위 속에서는」 부분

자신의 혹과 결석에 대한 수술 걱정보다는 당장 "내가 죽으면" 그 모든 꿈들을 접어야 할 아이들에 대한 걱정이 앞섭니다. 그는 수술도 못 하고 "오직 진통제와 하나님만/의지"(「진통제와 하나님만 의지할 뿐이다」)하며 저녁이면 "내 몸 하나 눕혀 잠들 곳이 없"어 "벌써 5개월을, 헤매고" 다니면서도 "식구들아, 살다보면/우리에게도/저녁이 편안하고 즐거운 날이 올 것이다"(「저녁이 되면」)라는 낙관을 버리지 않습니다. 그리하여 그는 그 도저한 절망 속에서도 다음과 같은 역설의 희망을 노래합니다.

지하실 맨바닥에

신문지를 깔고

누울 자리를 마련했다
노숙을 생각해봤지만
노숙과는 비교할 수 없는
고급이다
아무도 간섭할 수 없는
나만의 공간에서
오늘 몫의 명상에 잠긴다
죽음도 이렇게
편안하고 조용하게 오는 것일까
외로움에 잔뼈가 굵어진 몸이라
아무런 불편함이 없다
오늘밤은 이렇게
축복을 받고 있다
주님 감사합니다

—「오늘밤은 이렇게 축복을 받는다」 전문

맨 마지막 행은 좀 없었으면 어떨까 하는 생각도 들지만 "한 달을 사는 게 아니라/하루를 사는데도 너무 힘든"(「무거운 어깨」) 그의 처지를 돌이켜보면 그런 나의 생각 자체가 그야말로 사치인 것처럼 느껴집니다. 1920년대의 김소월이 임과 집과 길이 없는 암울한 자신의 처지를 식민지 현실에 의탁해 노래했다면, 정규화는 이 풍요와 소비로 넘쳐나는 듯한 후기자본주의 사회의 영락한 신용불량자이자 경제적 파산자가 되어 자신의 집 없음과 길 없음과 임 없음을 직설적으로 노래합니다. 그리하여 "애들아, 미안하다/우리 그만/하늘에 가서 살자"(「서설」)라는 그의 절규는 저 20년대 소월의 「옷과 밥과 자유」를 차라리 한편의 공연한 수사로 만듭니다.

(2004)

백무산의 『폐허를 인양하다』

어떤 시들은 '전환의 시대'를 예감합니다. 나는 최근 나온 백무산 시집 『폐허를 인양하다』를 읽으면서 그의 시들이 아직 우리에게 도착하지 않은, 그러나 반드시 도래하고야 말 시대를 예감하는 언어들, 그의 표현에 의하면 "다가올 시대에 대한 은유"(「그날」)로 가득 차 있는 것을 발견했습니다. 특히 「패닉」의 다음 구절,

> 패닉만이 닿을 수 없는 낙원을 보여준다
> 나는 그 폐허를 원형대로 건져내야만 한다

라는 심상치 않은 발언으로 이른바 '낙원'이 부재하는, 아니 낙원 같은 것은 애초에 없는, 있어본 적도 없는 이 세계의 '폐허'를 직시함

으로써 '도래할 세계'에 대한 어떤 '예감'을 우리에게 선사하고 있습니다. 그가 예견하는 세상을 우리는 아직 모릅니다. 그러나 최소한 근대 세계자본주의체제의 '자본'이 파괴해버린 '인간의 대지' 혹은 '인간의 시간'의 회생(回生)이라는 점만은 분명해 보입니다. 그러기 위해서 우선 그는 폐허에 갇힌 자기 자신부터 호명합니다. 이 세상이 "질식해서 죽"을 것 같아 성(性)전환한, "예전에 한동네 살던 노상 침울하던" 그(그녀)를 우연히 만나 엉겁결에 덜컥 "잘했다 잘했어!"라고 축하하자, 순식간에 얼굴이 밝아진 "그녀가 나를 보고 따라와보라고 했다"에 이어지는 구절은 "나를 다 졸업하지 못하"(「변신」)고는 '인간의 시간'은 불가능할 것이라는 점을 시사해줍니다.

> 나는 왜 아직도 나를 다 졸업하지 못하는가
> 나는 왜 마르고 닳도록 관행적으로 나인가
> 내 안에 짐승도 있고 바람도 있고 나무도 있고
> 기괴한 빛도 있고 야수들도 수두룩한데
> 따라가 질식해서 죽을 것 같은 야수 한마리 끄집어내봐야겠다
> 나를 잡아먹도록
>
> —「변신」 부분

앞의 시에서 우리가 주목할 바는 그가 자기 자신 속의 '짐승'과

'야수'를 불러내고 있다는 점입니다. 들뢰즈의 '동물-되기'를 연상케 하는 이 돌연한 상상력은 관행적이었던 인간의 '탈영토화'를 감행하지 않고는 불가능한 것으로서, 이른바 '대지의 인간'으로 우뚝 서기 위한 통과의례 같은 것입니다. 시종일관 그는 이 경계를 뛰어넘는 '야수'의 눈으로 "과잉과 결핍과 상실"(「환생」)을 초과하는 세계를 노래합니다. 그리고 그의 시적 방법은 '전복'입니다. 「무엇에 저항해야 하는지는 알겠으나」 같은 시에서는 "자유를 팔면 자유보다 귀한 것을 얻을 수 있다고 믿게 되었다/자유를 반납하면 더 풍족한 삶을 얻을 수 있다고 믿는다"라는 상상적 전복을 구현합니다. 그러나 이 시에서 나는 "정규직 노예가 되고 싶다 비정규직 노예를 철폐하라/불안정 노예를 정규 노예화하라고 외쳐야 한다" 바로 다음의 한 행짜리 독립 연 "인간에게 자유에 대한 새로운 감각이 생겨난 것이다"라는 유의미한 구절에 주목해야 한다고 봅니다. 동물원의 철창을 걷어내도 "돌아갈 초원이/다 사라지고 없"는 이 시대에 우리에게 필요한 것은 자유에 대한 새로운 감각이고 인식입니다. 관행과 관습으로는 잡히지 않았던 이 자유의 발견이야말로 이 시의 참다운 소득이지요. 백무산의 이번 시집은 말하자면 이 '새로운 감각'이 낳은 '재화(財貨) 아닌 재화'들로 풍성합니다.

그중 하나로 나는 자연스런 '시간의 순환'이기도 한 우리 몸에서 지워진 "별이 뜨는 낙화의 시간", 즉 잃어버린 "정지의 감각"(「낙화」)을 그가 발견했다는 점을 들고 싶습니다. 「꽃이 나를 선택한다」에서의 "오직 피어 있음만 허락"되는 도시의 '플라스틱 꽃'에서도 그러했지만, "지속의 시간을 지속적으로 생산"(「낙화」)해내야만 하는, "수십만명이 같은 옷을 입고" "끝없이 반복되는 〔노예〕노동"(「광활한 폐소」)의 시간을 거부하고, 낙화할 수 있고 정지할 수 있는 '다른 시간'을 창조하겠다는 이 의지의 발현이야말로 그의 '시-철학'이 새로운 경지에 진입했음을 상징적으로 보여줍니다. 멈추지 않는 시간이야말로 "환장할 노릇"이며 "삼백육십오일 철야를 해야 하는 꽃들도 환장으로 피어"(「낙화」) 있는 것입니다. 인류의 시간은 계속 '직진'만 해야 하는 것이 아니라 '역류'도 해야 하고, "시간의 단일종만 서식"(「시간 광장」)해서는 안되는 것이지요. 그리하여 그는 이어지는 시에서 지금까지 지속되는 시간이 아닌 전혀 '다른 시간'을 창조합니다.

별별 유사 혁명이 팔리지만 모든 시간은 부스러기다 멈추어야겠다 모든 혁명은 시간 혁명이어야 한다 역류하겠다 역류하여 호수에 담겨야겠다 앞과 뒤가 사라진 물처럼 광장에 시간을 풀어놓아야겠다

광장의 시간을 살아야겠다, 십만년을, 십만년 광장을, 불가능한 시간을, 과거심 미래심 현재심만 불가득이 아니다 과거시 미래시 현재시도 불가득이다 그러니 불가능 따위가 무슨 상관이랴 십만년 광장을 살아야겠다

—「시간 광장」 부분

"광장의 시간"을 살겠다는, 이 '불가능'을 '가능'으로 전환코자 하는 시가 바로 백무산 시입니다. 그리고 모든 앞선 예술은 이 불가능을 가능으로 구현하려는 모험 앞에 마주했을 때 비로소 '시적 예감'이 됩니다. 이 시집에는 이것 말고도 "풀은 흙에 뿌리내리는 것이 아니라/풀이 흙을 만들어간다"는 통찰이 담긴 「풀의 투쟁」에서부터 생존을 위한 구걸과 정치인들의 표 구걸의 도덕성을 묻는 「호모에렉투스」, "기진한 대지에 스며들"어 "자신을 완성하는" 강의 생명을 노래한 「완전연소의 꿈」, 신화-역사시대의 군중에 의한 왕의 살해를 다룬 「피의 대칭성」을 비롯하여 「참수」 「뭔가를 하는 거다」 「개」 「무장지대」 「기억의 소수자들」 「세계의 변두리」 등 탁발한 상상과 비수로 벼린 듯한 언어가 '아슬한 절도(節度)'로 결합된 작품들이 많습니다. 그러나 내게 이 가운데 가장 아름다운 한편을 고르라면 단연 「자유낙하」입니다.

함부로 떨어질 수 없는 비애만 한 게 없지
꽃대를 올려 키를 높이지만 생의 보람은 꽃에만 있지 않고
생의 결정은 한순간 툭 떨어지는 낙하의 순간에
무너지는 경계에 자신의 모두를 일순 내맡기는 허공에
운명도 끼어들 틈 없는 찰나의 단호함으로
모든 의지에 우선하는 자유낙하의 영원한 순간에 있는 것

위장된 땅에 주저주저하다 퍼렇게 병든 씨앗이여, 시여

—「자유낙하」 부분

김수영의 「폭포」가 그러했던 것처럼 "낙하의 순간"에 주저하지 않으면서 "영원한 순간"에 "자신의 모두를 일순 내맡"길 줄 아는 시는 이미 어떤 경계를 훌쩍 벗어난 시입니다. 「경찰은 공장 앞에서 데모를 하였다」의 기상(奇想)이 담긴 『만국의 노동자여』(1988) 시절의 열정을 잃지 않으면서 오랜 사유와 순탄치만은 않았을 구도의 과정을 거쳐 여기에 이른 이 '리얼리스트-시인'의 귀환을 진심으로 축하합니다. 온갖 기묘한 감각들의 현시 앞에서 리얼리즘 시의 명분은 퇴색했어도 그 불퇴전의 정신은 이렇듯 여여히 살아 있는 것입니다.

(2015)

3부

가지 않은 길

1

고향에 가면 꼭 걷고 싶은 길이 있다. 내가 나의 시 「마음의 고향 4—가지 않은 길」에서 묘사한,

내 생에 그런 기쁜 길이 남아 있을까
중학 1학년,
새벽밥 일찍 먹고 한 손엔 책가방,
한 손엔 영어 단어장 들고
가름젱이 콩밭 사잇길로 사잇길로 시오리를 가로질러
읍내 중학교 운동장에 도착하면

막 떠오르기 시작한 아침 해에

함빡 젖은 아랫도리가 모락모락 흰 김을 뿜으며 반짝이던,

간혹 거기까지 잘못 따라온 콩밭 이슬 머금은

작은 청개구리가 영롱한 눈동자를 이리저리 굴리며 팔짝 튀어 달아나던,

내 생에 그런 기쁜 길을 다시 한번 걸을 수 있을까.

—「마음의 고향 4」 전문

에서의 "가름젱이 콩밭 사잇길"이다. 마을 서쪽 외침이 쪽으로 가다가 방아다리를 지나 웃냇가 가는 길을 버리고 보(洑)를 지나 아랫냇가를 훌쩍 건너 약간 경사진 언덕(등짐을 진 사람들은 모두 이곳에 지게를 받쳐놓고 쉬었다)을 오르면 그곳이다. 여름이면 다래를 머금은 목화밭이 길게 펼쳐져 있고 가을이면 키 큰 수수들이 바람에 서걱이는 곳. 화엄사 계곡에서 흘러온 냇물이 곧잘 언덕을 들이받아 벌겋게 황토가 드러난 곳. 나는 밭매는 어머니를 따라가 그 아랫냇가에서 송사리를 잡으며 놀았고 해 저물면 송아지를 거느린 일소들이 '핑경'을 딸랑이며 돌아오는 소리를 들었다.

그러나 이번에 고향에 가보니 아랫냇가, 웃냇가는 물론 그 '가름젱이'(다른 이름으로 가는정細音坪으로 불리기도 한다. 한글학회 『한국지명총람』 13, 1982 참조)마저 아예 없어지고 말았다. 대신 반듯반듯하게 경지정리된 논들이 드넓게 펼쳐져 있었으며 아랫냇가 징검다

리가 놓였을 법한 자리엔 거대한 송전탑이, 그리고 그 옆으론 사도리 갑문(閘門)이 서 있었다. 갑문 아래로 수로 같은 것이 놓여 있었는데, 흐르는 물인지 고여 있는 물인지 분간이 안 되었다. 그나마 다행인 것은 억새 우거진 그 속에 황새들이 돌아와 살고 있었다는 것. 나는 그 새들이 돌아온 조상들의 넋인 양 반가웠다. 나는 아무도 걷지 않는 볼품없는 긴 둑길을 걸어 화엄사 입구까지 가보았다. 거기에 비로소 흐름을 멈춘 계곡이 남겨져 있었다. 이로써 나는 화엄사에서 출발하여 황전리 계곡, 중마리, 가랑리 그리고 광평리를 지나 사도리 앞들을 가로지르며 옥이교〔玉只橋〕에서 한번 숨결을 모았다가 용두리에서 다급히 터뜨리며 섬진강에 합류하던 긴 내 하나를 지도상에서 영원히 잃어버리고 말았다. 그리고 '가는정' 혹은 '가름젱이'라는 아름다운 지명 하나도.

아, 그러나 눈 감으면 지금도 보인다. 들의 이쪽과 저쪽을 가르며 때로는 큰 바위를 타넘으며 콸콸거리고 때로는 잔잔하게 굽이돌며 푸른 소를 만들고 때로는 자갈돌 위를 요란하게 소리 내며 흐르던 내. 큰비가 와 계곡물이 불어나면 학교 수업을 일찍 파하고 나와 동네에서 온 장정들의 등에 업혀 간신히 건너던 내. 그 내의 정식 이름은 내가 가진 19세기 후반 「구례현지도」(채색필사본, 105.0×67.0cm)에 의하면 장일천(長釰川), 요즘의 딱딱한 행정구역상 명칭으로는 그냥 마산천(馬山川)이라고 하며, 내가 지나는 마을 이름을 따 황둔내〔黃屯川〕, 광평천, 옥이내라는 구수한 이름으로도 부른다.(『한국지명총람』

13 참조) 그러나 그런 이름이 있는지 없는지도 모른 채 우리는 그저 웃냇가, 아랫냇가에서 사시장철 즐거웠으며 바로 그 소년들의 즐거운 함성 속에 장일천은 비로소 구체적인 형상을 갖고 우리 앞에 생생히 살아나는 것이다. 사람들의 추억이 묻어 있지 않은 지명이 무슨 의미가 있겠는가. 아니 무슨 울림이 있겠는가. 나는 나와 함께 아무것도 공유할 게 없는 관광지 화엄사 계곡에 쭈그리고 앉아 내내 그런 생각을 했다. 어디 가서 잃어버린 소년들의 함성을 되찾을 수 있을까. 아니, 어디 가서 들판을 아름답게 수놓으며 흐르던 장일천을 되찾을 수 있단 말인가. 훗날 나는 그곳을 이렇게 한번 더 노래한 적이 있다.

왜 그곳이 자꾸 안 잊히는지 몰라
가름젱이 사래 긴 우리 밭 그 건너의 논실 이센 밭
가장자리에 키 작은 탱자 울타리가 쳐진.
훗날 나 중학생이 되어
아침마다 콩밭 이슬을 무릎으로 적시며
그곳을 지나다녔지
수수알이 꽝꽝 여무는 가을이었을까
깨꽃이 하얗게 부서지는 햇빛 밝은 여름날이었을까
아랫냇가 굽이치던 물길이 옆구리를 들이받아
벌건 황토가 드러난 그곳

허리 굵은 논실댁과 그의 딸 영자 영숙이 순임이가
밭 사이로 일어섰다 앉았다 하며 커다란 웃음들을 웃고
나 그 아래 냇가에 소 고삐를 풀어놓고
어항을 놓고 있었던가 가재를 쫓고 있었던가
나를 부르는 소리 같기도 하고
솨르르 솨르르 무엇이 물살을 헤짓는 소리 같기도 하여
고개를 들면 아, 청청히 푸르던 하늘
갑자기 무섬증이 들어 언덕 위로 달려오르면
들꽃 싸아한 향기 속에 두런두런 논실댁의 목소리와
까르르 까르르 밭 가장자리로 울려퍼지던
영자 영숙이 순임이의 청랑한 웃음 소리
나 그곳에 오래 앉아
푸른 하늘 아래 가을 들이 또랑또랑 익는 냄새며
잔돌에 호미 달그락거리는 소리 들었다
왜 그곳이 자꾸 안 잊히는지 몰라
소를 몰고 돌아오다가
혹은 객지로 나가다가 들어오다가
무엇이 나를 부르는 것 같아
나 오래 그곳에 서 있곤 했다

—「마음의 고향 2 — 그 언덕」 전문

2

시인 정현종은 어느 시에서 말하기를, 구례 천은사에서 화엄사로 가는 길목에서 듣는 기적소리가 가장 은은하고 아름답다고 했다. 그러나 내게 가장 아름다운 기적소리는 늦가을 저물녘 빈 들에서 듣는 기적소리다.

길가의 가로수들도 잎이 다 떨어지고 대추머리의 무밭도 다 거두어들이고 삐끄덕삐끄덕 마차 바퀴소리 하나도 들리지 않는 하굣길의 신작로에서 듣는, 전라선 구례구역을 지나는 조용한 기적소리. 그 소리를 들으면 가슴이 미어지고 걸음이 빨라지며 한없이 슬퍼졌다. 아니, 어디로 떠나고 싶어졌다. 멀리 마을에 저녁연기 오르는 것도 반갑지 않았다. 들은 완벽한 빈 들. 마을은 노란 초가지붕들로 새로 단장했건만 누나들과 형님들의 가출이 시작되는 건 이 무렵이었다. 저녁이면 구례구역 낮은 측백나무 울타리 가에 옷보따리를 안은 흰 저고리 검은 치마의 누나들이, 그리고 어색한 양복 차림의 형님들이 득시글거렸다. 쉽게 얘기하면 '도시바람'이 난 것이고 좀 다르게 표현하면 젊은 농촌 인구의 이농이 막 시작된 것이었다. 내 시 속의 '정님이'나 '후꾸도'도 다 그렇게 고향을 떴다. 그리고 우리의 농촌공동체는 70년대 초엽부터 급격히 붕괴되고 만다. 하여간 들은 완벽한 빈 들. 서리라도 내리면 더욱 쓸쓸했다. 그리고 눈 속에 파묻힌 신작로를 걷는 일이란 또 얼마나 팍팍했던가.

지용의 시에 이런 구절이 있다. "마음은 제 고향 지니지 않고/머언 항구로 떠도는 구름."(「고향」) 이 시의 정서는 오래전에 이미 고향을 떠나 근대의 수많은 항구를 거쳐온 자의 그것이지만, 하여튼 중3짜리 나의 마음도 "제 고향 지니지 않고" 이미 "머언 항구로 떠도는" 그것이었다. 그러나 달리 생각해보면 이 어긋나기 시작하는 마음, 고향과 갈라서고 싶은 마음에서 근대의 시가 싹트는 것이 아닌가. 고향과 도회가 충돌하고 신작로와 소롯길이 갈리고 옛 시간과 새 시간이 부딪히는 곳으로부터. 생각해보면 나의 시는 너무 오래 고향의 질곡에 묶여왔다. 근대의 세련이 너무 부족한 것이다. 시인은 어쩌면, 늘 머언 항구로 떠도는 사람이다. 머무는 곳은 질곡! 다시 한번 중3짜리 소년이 되어 신작로를 걷고 싶다. 아니, 그 길을 아예 버리고 시끄러운 도회로 나가고 싶다. 그러기 위해선 다시 기차를 타야 하리라. 전라선 구례구역에서, 이제는 근대의 수많은 항구를 경험한 성숙한 시민이 되어.

(2003)

나의 문학적 자전

1

한때는 친숙했으나 너무 오래 잊고 있다가 문득 되돌아가보고 싶은 시인이 있다. 내게는 그런 분 중의 한 사람이 서정주이고 다른 한 사람이 김수영이다. 서정주는 작년 가을에 읽어보았다. 역시 『화사집』(花蛇集, 1941) 『귀촉도』(1948) 『서정주 시선』(1955)까지이고, 훌쩍 건너뛰어 『떠돌이의 시』(1975)에서야 내 눈길이 오래 머물렀다. 그러나 「격포우중(格浦雨中)」에서의 "쏘내기 오는 바다"의 오랜만의 시원스런 감동은 「곡(曲)」 같은 '지혜의 말씀'에 이르러서는 그만 싸늘히 식어버렸다.

곧장 가자 하면 갈 수 없는 벼랑길도

굽어서 돌아가기면 갈 수 있는 이치를

겨울 굽은 난초잎에서 새삼스레 배우는 날

무력(無力)이여 무력이여 안으로 굽기만 하는

내 왼갖 무력이여

—「곡」 부분

갈 길이 많이 남아 있다고 생각하는 나에게 저 시는, 그것을 아무리 곧이곧대로 읽어선 안 된다고 하더라도 씁쓸함만을 줄 뿐이었다. 고향은 역시 마음 저 깊은 곳에만 묻어둬야 하는가? 그래서 감행해 본 것이 20여년 만의 김수영에게로의 여행이었다. 한마디로 그는 아직 살아 있었다.

지난 20여년 동안 일방적인 그의 추종자들의 반대편에서 진행돼온 보다 본격적인 비판에도 그가 살아남을 수 있었던 중요한 이유는 무엇일까? 나는 그것의 하나를 정직성이라고 본다. 그는 참여시인이기 전에 먼저 자기 자신에게 가혹할 정도로 정직한 사람이었으며 남에게도, 사회에 대해서도 그것을 요구했다. '참여시'는 그다음의 문제다. 그는 "난해시처럼 꾸며 쓰는 시"(「포즈의 폐해」 562면) 즉 '진정한 참여시'가 아닌 난해시들도 배격했지만 그에 못지않게 정직성이 결여된, 양심의 저 밑바닥에서 울려나오지 않은 엇비슷한 참여시들 또한 '진정한 참여시'와 구별하여 경계해 마지않았다. 바로 이 지점에서 나는 그의 시론의 핵심어의 하나인 '고독'을 만난다. 유명한 「푸른 하늘을」이라는 시에도 '고독'이라는 시어가 두번 나오는데, 김수영 시론에서 고독은 일차적으로 "사람이 고립된 단독의 자신이 되는 자유에 도달할 수 있는 간극"(「시여, 침을 뱉어라」에서 김수영이 인용한 로버트 그레이브스의 말이다)에 해당한다기보다 본질적으로는 '죽음의 완수'를 가리키는 말이다.

> 이렇게 말하면 영리한 독자는 또 독창성에 대한 〈다람쥐 쳇바퀴 도는〉 식의 강화(講話)로구나 하고 눈살을 찌푸릴지 모르지만 모든 시는—마르크스주의의 시까지도 합해서—어떻게 자기 나름으로 죽음을 완수했느냐의 문제를 검토하는 방법이라고 해도 과언이 아니다. 그리고 모든 시론은 이 죽음의 고개를 넘어가는 모습과 행방과 그 행방의 거리에 대한 해석과 측정의 의견에 지나지 않는다. 죽음과 사랑을 대극(對極)에 놓고 시의 새로움이라는 것을 생각해 볼 때 시라는 것이 얼마만큼 새로운 것이고 얼마큼 낡은 것인가의 본질적인 묵계를 알 수 있다.
>
> —시월평 「〈죽음과 사랑〉의 대극은 시의 본수(本髓)」 600~01면

김수영은 그의 평론 곳곳에서 시 비평의 기준으로 '시의 양심' 다음으로 '시의 긴장'(혹은 '힘') '새로운 언어' '자유의 이행'(혹은 '행사') 등을 내세우고 있지만 현대시를 쓰라, 참여시를 쓰라는 요구는

오히려 부차적인 것이었다. 이 모든 요구를 "껴안고 들어가서"(「변한 것과 변하지 않은 것」 367면) 그것마저 무화시키며 뛰어넘는 '죽음의 깊이'가 있는 시, '죽음의 음악'이 울리는 시, "죽음을 딛고 일어선 자기의 스타일을 가진 강인한 정신"(「〈죽음과 사랑〉의 대극은 시의 본수」 601면)의 시를 더 원했던 것이다.

"낡은 것이 새로운 것으로 바뀌어지는 순간"(「생활현실과 시」 268면)에 대한 사랑이나 시에서 "문갑을 닫을 때 뚜껑이 들어맞는 딸깍 소리"(「시작 노트 2」 433면)가 들려야 한다거나 하는 것은 그러한 '죽음의 완수', 다른 말로 고독의 절정의 순간을 체험하고자 하는 시인의 희원의 발언들이다. 요즘 우리 시단으로 돌아와서 김수영을 다시 20여 년 전 시인으로 돌려놓고 보자. 그러나 오늘의 거울에 비친 김수영의 얼굴은 하나도 늙어 보이지가 않는다. 오히려 젊어서 늙어버린 우리들보다 더 젊다. 무엇보다 그의 시들이 아직 젊음의 기운을 잃지 않은 탓이겠지만 다른 한편으로는 그가 시론에서 제기했던 우리 시단의 산적한 과제들이 아직도 시원히 해결되지 못했다는 반증일 것이다. 난해시처럼 꾸며 쓴 난해시들이 거의 사라진 반면, 너무 쉽게 쓴 나머지 읽어볼 가치조차 없는 너무나 뻔한 시들이 시집이라는 이름으로 양산되는가 하면, 참다운 고독의 이행과는 거리가 먼, 김수영이 살아 있었다면 '참여시 이전의 참여시'로 배격해 마지않았을 시들이 사회현실의 탐구라는 그럴듯한 명분으로 널리 주창되기도 한다. 그뿐인가. 포스트모던한 일군의 젊은 '아스팔트 시인'들은 컴퓨터 게임을 즐기듯 어떻게 하면 시에서 저 근엄한 창조성의 얼굴을 지워버릴까 하여 안달 중이다. 김수영 시대는 아니지만 도처에서 김수영을 죽이고, 시의 양심을 죽이고, 고독한 자아탐구 즉 창조성의 발랄한 자기실현을 제어하는 우리 자신에 의한 우리 자신의 살해 행위가 이루어지고 있다. 시라는 이름으로, 비평의 이름으로, 저널리즘 또는 무수한 다른 이름으로… 어디로 갈 것인가? 그러나 나는 여기서 그에게로의 여행을 잠시 중단하고 나 자신에게로의 여행을 감행해보려고 한다.

2

내가 나서 자란 마을은 전라북도 구례군 구례읍에서 4킬로미터 떨어진 마산면(馬山面) 사도리(沙圖里) 하사(下沙)이다. 사도리(일명 사돌이)란 마을 이름은 신라 말 화엄사에서 공부 중이던 도선국사가 섬진강변 모래밭에서 만난 어느 소년의 모래 위 그림에서 그가 그토록 원했던 산수 지리의 비결을 깨쳤다 하여 붙여진 것이라 한다.(구례군 교육청 편 『우리 고장의 역사』, 1974, 263~65면; 한글학회 『한국지명총람』 13, 435면) 마을 앞 섬진강과 노고단으로부터 발원하여 화엄사 골을 콸콸 흘러내려온 맑은 시내가 만나는 곳에는 과연 드넓은 모래 삼각주가 펼쳐져 있었는데, 우리는 그곳을 '섬뜸'이라 불렀다. 여름이면 여인네들이 이곳에 모래 움막을 파고 더운 몸을 지졌고 소년들은 소들을 몰고 나가 삼각주의 '대초원'에 소 고삐를 놓아둔 채 강물 속에 첨벙 뛰어들어 맑은 은어들을 잡았다. 여름이 한창이면 구례 안들에서 몰려나온 소들이 수백마리나 될 정도였으니, 천혜의 대초원은 드넓었고 강변의 세모래는 한없이 폭신폭신했고 은어들 또한 더운 강물의 중심을 피해 강가의 찬물을 찾아 나왔으므로 우리들의 재빠른 손에 고스란히 포획되었다. 해 질 무렵 대초원의 여기저기 흩어진 소들을 찾아 몰고 동네 어귀로 들어서면 논밭에서 일을 마치고 돌아가다 주막에 들른 어른들이 우리들의 은어꿰미를 놓칠 리 없었다. 우리는 커다란 눈깔사탕 몇개에 그것들을 선선히 평상 위에 놓아야 했다.

어른들 얘기가 나왔으니 말이지만 여름은 남정네들의 계절이었다. 안들, 통새미, 사구배미, 우묵쟁이 등의 이름이 붙은 마을 앞 논들에 하얗게들 엎드려 초벌, 두벌, 만벌 김을 매던 어른들로 하여 여름은 늘 내게 초록빛으로 싱그러웠다. 일 짬짬이 정자나무 그늘 아래 모여들어 누런 막걸리를 몇사발씩 들이켜고 수렁내 나는 팔다리를 길게 뻗고 낮잠을 즐기던 그들의 햇볕에 그은 얼굴은 그대로 땅빛이었다. 농촌 마을이 분해되기 이전 건강한 대지의 자식들이었던 셈이다. 만벌 김을 다 매고 난 뒤 호미씻이격으로 머슴들이 새들이에 타고 주인집으로들 우르르 몰려들어 술과 고기를 뜯을 때, 그들의 온몸에서 나는 노동의 무한한 힘을 느꼈다. 지금도 내려가 고향

들판에 서면 그 들 가득히 울려퍼지던 민요 가락, 소리 가락들이 들리는 듯하다.

보송 해청 진 골목에
길 동전 접저구리
지름때 살캉 묻은
저 큰아가
뉘 간장을 뇍킬라고
그리 곱게 생겼냐

물론 여자들이라고 여름에 일을 안 한 것은 아니다. 이 들 저 들에 엎드려 목화밭을 매고 콩밭을 매고 수수밭을 매는 것은 그들의 몫이었다. 해가 설핏 기울 무렵 아랫냇가 웃냇가 으슥한 곳에서 하루 종일 흙밭에서 더워진 몸을 몰래 씻던 어머니와 누이들의 모습을 나는 본 적이 있다. 그러다 추수를 마치고 집집마다 노오란 병아리색 초가지붕들을 새로 해 입히고 나면 남자들은 갑자기 할 일이 없어지고 으슬으슬 기운 빠진 손들을 소매 속에 바꿔 지르며 사랑방으로들 일제히 퇴각하고 만다. 이제 여자들의 계절, 겨울이 가까워온 것이다. 50년대의 농촌엔 아직 나일론이 보급되지 않았다. 가을에 거둔 목화를 말리고 솜을 타고 고치를 만들고 물레를 자아 실을 뽑고 마당에 잿불을 일궈 베를 매는 일, 그리고 그것을 베틀에 걸어 동지섣달 기나긴 밤 딸그닥딱딱 베를 짜는 일은 온전히 여자들만의 것이었다.

어렸을 적 내게는 방이 없어서 늙은 어머니(내게는 어머니가 두 분이다. 후사後嗣를 보기 위해 들어와 나를 낳아준 생모와 구별하여 나를 길러준 어머니를 나는 이렇게 불렀다)의 안방에서 잤는데, 한밤중에 무슨 소리가 들려 일어나 보면 거기 언제나 늙은 어머니와 동네 처녀들이 모여 미영(목화)을 잣고 있거나 꾸리에 실을 감고 있었다. 우리 집은 베는 주로 낮에 사람을 불러 짰고 밤에 물레를 돌리거나 실을 감았다. 이웃집 옥자 누나 등 동네 처녀들은 일에 지치면 간혹 화투를 쳤는데, 한밤중 자다 일어나 누나들이 발라준 찬 알밤을 깨물어 먹는 일은 즐거웠다. 나는 간혹 장난삼아 누나들의 화투 한짝을 이불 밑자락에 숨겨놓고 잠들어버려 그들의 화투판을 싱겁게 만든 적도 많았다. 눈 오는 밤 "아 눈님들도 참 세차게 오시는구나!" 하며 뜰 아래로 왁자지껄 내려서서 각자의 골목으로들 멀어져가던 그들의 뽀드득거리던 신발소리며 그럴 때면 얼굴에 확 끼쳐오던 찬바람 내음, 그리고 바깥채 새끼 꼬던 머슴들의 사랑방에서 들려오던 웅얼웅얼 두런두런, 싱건지를 퍼다 먹는지 짭짭거리다 후루룩 하는 소리… 아니, 남의 집 제삿날 밤을 골라 단자(單子) 가는 소리, 쇠죽불 가에서 참새 구워 먹는 소리, 오줌통에 시원히 '쏘내기' 쏟아지는 소리, 그러다가 다시 두런거리는 소리… 그 사이로 간간이 아버지의 으흠으흠 하는 기침소리가 들리고 놋재떨이에 담뱃대 부딪는 소리가 쨰랑쨰랑 울린다.

아버지는 내게 너무나 근엄하고 무거우신 분이었다. 그도 그럴 것이 그는 1897년생이고 나는 그가 오십줄에 들어서야 낳은 외아들이었기 때문이다. 당신 자신이 역시 독자였던 아버지는 늙은 어머니에게서 아들 둘 딸 하나를, 그리고 나의 생모에게서 아들 넷 딸 셋을 낳았으나 나의 위로 누님 하나, 아래로 여동생 둘을 남기고 무려 여섯 자식을 잃었다. 내가 태어나던 해에 국민학교(초등학교) 1학년까지 키운 형을 잃고 나자 아버지는 나를 거들떠보지도 않았다고 한다. 얼마 안 가 또 애장터로 갈 놈이라고 여겼던지 호적에도 1년 늦게 올려 경인생(庚寅生)으로 되어 있다. 애장터. 마을 서쪽 등성이 응달에 있던 곳. 작은 돌기무덤들이 까맣게 이끼 덮인 돌들에 가려져 있었다. 바람 부는 날 새벽, 나는 남동생이 작은 삼베 홑이불에 싸여 그곳으로 가는 것을 지켜보았다. 그리고 그런 날 밤에 작은집 당숙모들이 몰려와 비탄에 잠겨 있는 아버지에게 나를 가리키며 "이놈이라도 잘 키워 대를 이읍시다"라고 할 때, 대를 잇는 것이 무엇인지도 모르면서 나는 까닭 없이 슬펐다.

나는 주로 늙은 어머니(그도 1897년생이다)의 손에 길러졌는데, 이 어머니는 말하자면 19세기적 양반 규수의 절도가 몸에 밴 분이었다. 이웃 마을 상사리(上沙里, 뒷날 장수촌으로 알려진 마을이다)의 큰 담으로 둘러친 해주 오씨 대갓집에서 왔다 하여 담안댁으로 불리었다. 나는 이 어머니의 사랑을 그야말로 한 몸에 고스란히 받았다. 생모는 그와 정반대되는 성격이었다. 광주종방 여공 출신답게 다부

지고 정이 많고 씩씩했다. 남에게 선심 베푸는 것을 즐겨 저녁마다 도장방 광에서 쌀을 퍼다가 가난한 이웃들에게 나누었다. 그럴 때마다 큰방의 어머니는 나를 붙들고 말했다. 네 어미가 또 쌀 퍼갖고 이웃 마실 간다고. 두분 사이는 좋았다. 집안의 광 살림은 늙은 어머니가 맡고 생모는 주로 논일 밭일을 맡아 남자처럼 머슴들을 부렸다. 생모에게서는 그래서 늘 알싸한 들 냄새가 났다. 내게 다소간의 민중적인 기질이 있다고 한다면 바로 이 어머니의 것이다.

아버지는 농사일을 모두 어머니에게 맡기고 향교로 읍으로 시회(詩會)로 돌았다. 말하자면 좀 한량이었던 셈이다. 그러나 독서에는 근면하여 늘 한적(漢籍)들을 밤을 새워가며 팠고 깨알 같은 붓글씨로 무엇인가를 필사했다. 늙은 어머니와 더불어 19세기 유림의 후예인 것이다(향교에 제향이 있는 날 저녁이면 집안에 늘 구운 은행알이 돌았다). 그러나 꼭 그렇다고만 할 수도 없는 것이, 개명된 세상에도 밝아 일찍이 삭발하고 자전거를 탔으며 서울 출입이 잦아 집에는 그가 젊은 날 사들인 경성도서판매주식회사의 신간들이며 세창서관본들이 뒹굴었다. 아버지는 나에게 단 한번 점심을 사주셨다. 내가 중학교에 입학한 날이다. 비빔밥이었는데, 생애 첫 외식이었다. 참기름을 몇방울 떨어뜨린 읍내 '남센집' 비빔밥은 참으로 맛있었다. 훗날 내가 중학을 졸업하고 도시의 인문계 고등학교로 진학할 뜻을 비치자 아버지는 내게 말했다. 농업학교나 가서 마치고 감농(監農)이나 하라고. 당시 나는 '감농'이란 말뜻을 잘 몰라 갑농(甲農)

인 줄 알았다. 지금 생각하면 그 길도 괜찮았을 것 같은데, 당시 어느 정도 자란 나에게 고향은 이제 정적 혹은 정태 그 자체였고 기적소리가 들리는 밤이면 어서 자라 도회로, 더 멀리로 떠나고만 싶었다.

그리고 이때부터 이미 부분이농이 빈농 계층에서부터 시작되고 있었다. 조금 자란 눈으로 본 고향 마을도 좀 서먹서먹해지기 시작했다. 마을에서 국민학교를 같이 졸업한 스무명 가운데 중학교에 진학한 숫자는 불과 일고여덟명이었다. 그 나머지 중의 한명인 명수가 우리 집 꼴머슴으로 들어오던 날 아침, 나는 뒤란 장독대에 가 숨었다. 내가 중학교모를 쓰고 집을 나서는 아침이면 그는 늘 식전에 꼴을 한 망태 가득 지고 들어섰다. 어느날 보니 명수는 어디서 캐온 것인지 모를 어린 대추나무 한 그루를 울타리 가에 정성스레 심고 있었다. 명수는 그후 어디로 갔는지 모르지만 그의 아픔이 서린 대추나무는 지금도 옛집에 살아 있다.

생각해보면 명수 말고도 어렸을 적의 정님이, 두례 누나들의 사연은 더 아프다. 두 어린 처녀는 형제로서 지리산의 소개된 마을에서 내려와 우리 집 부엌살이('정지 가이내'라 불렀다)를 했다. 산나물 철이면 제일 좋아라 하던 정님이 누나. 그런 날들이면 이제는 아무도 살지 않는 그의 부서진 산중 마을을 다시 찾아가볼 수 있었기 때문이다. 그의 부모들은 어디로 갔을까? 아마도 지리산 어느 눈구덩이 찬바람 속에서 산 아래 마을로 떼어보낸 어린 두 딸을 그리워하고 있었는지 모른다. 지리산이 이렇게 사람들의 사연으로 가득 찬

산인 줄 그때는 몰랐었다. 철없던 나는 정님이 누나가 한움큼 따다 준 산딸기만이 좋았다. 생각난다. 어릴 적 어느 겨울 매섭게 눈보라 치던 밤. 한 떼의 산사람들이 찌그러진 총신들을 메고 부엌으로 들어섰다. 해 저물면 늙은 어머니는 늘 정님이 누나를 시켜 따로 한 솥 밥을 시켜 숨겨놓았다. 개털모자를 눌러쓴 사람, 무릎대를 한 사람, 각반을 찬 사람, 모두들 머리를 길게 길렀고 눈알들이 빛났다. 그중에 젊은 여자 빨치산 하나. 옷은 다 해어졌으나 두 볼이 발그레했다. 그들은 부엌에 앉은 채로 정님이 누나가 내다준 솥밥을 기다란 전라도 가닥김치를 얹어 먹었다. 나는 그때 부엌으로 난 들창을 통해 그들을 보고 있었는데, 정님이 누나의 눈빛이 너무 붉었다. 그뒤로 국군 토벌대에 의해 여기저기서 근거지들을 잃자 산사람들의 눈빛이 돌연 무서워지기 시작했다. 그들은 이제 총구를 겨눈 채 안방으로 뛰어들어 솜옷들을 거두어들였고, 마지막에는 할 수 없었던지 농우를 징발해가기도 했다. 해가 지면 어머니가 거름자리, 울타리 가를 돌며 곡식자루를 여기저기 숨기는 일이 잦아졌다. 그러다가 이내 국군이 우리 집 사랑채에까지 들어와 주둔했다. 1956년의 일이다. 한두 해 더 머물다가 정님이, 두례 누나 모두 어딘가로 가버렸다. 그리고 나의 유년 시절도 봄날의 장다리꽃처럼 스르르 스러졌다.

3

전라선은 내게 도시와 고향을 이어주는 질긴 끈이었다. 나는 이 선로의 한 중간 지점인 전주에서 고등학교를 마치고 다시 더 상행을 계속해 종점인 서울에 도착한 셈이다. 나는 방학 때거나 아니거나 수시로 이 전라선을 오르락내리락하며 우리 집을 포함하여 60~70년대 한국 농촌의 분해 과정을 목격했다. 구례구역 낮은 측백나무 울타리 가에서 치맛자락으로 눈물을 찍어내며 어린 딸을 작별하던 농촌 아낙의 모습은 지금도 선명히 잊히지 않는다. 가방을 든 어린 딸은 열차에 올라서도 연신 정거장 마당의 어머니에게 안타까이 손을 흔들었다. 같이 서울길을 오며 나는 그 소녀의 앞날을 생각해보았다. 처음에는 아마 아는 집의 식모로 들어가겠지. 그다음엔 영등포의 공장으로, 그다음엔 누렇게 부은 얼굴로 어디로 가나? 내 작은집의 한 누나도 똑같은 행로를 밟다가 끝내 서울의 한 유곽에서 자살해버렸다. 운동회 때마다 달리기를 잘하여 날리던 형자 누나. 그러나 그의 집은 가난했다. 그가 선택할 수 있는 인생의 행로는 서울행뿐이었다.

이 무렵 내 고향 마을 동급생들 중 서울행 열차를 타지 않은 사람은 단 셋뿐이었다. 모두들 어떻게 하든지 서울로만 몰렸다. 콩나물 공장, 자장면집, 조금 형편이 나으면 조리사 시다, 오토바이 배달꾼, 작은 상점의 점원, 아니면 노가다나 시장 행상… 그중 한명인 용준

이는 오토바이 배달을 하다 차에 치여 죽었다. 논을 팔아 '우골탑'에 등록금을 바치고 편한 하숙을 한다는 것만이 그들과 다를 뿐(물론 실정은 더 많은 점이 달랐겠지만) 시골의 우리 집도 서서히 기둥뿌리가 내려앉는 것은 마찬가지였다. 무엇보다도 우선 남의 손을 빌려 농사를 지을 수 없었는데 우리 집의 노동력은 이미 노쇠해버렸기 때문이다. 한 해 두 해 눈에 띄게 집안은 쇠락해가기 시작했다. 자가 노동력이 없다는 점에서 우리 집과 사정이 비슷하면서도 더 급속히 쇠락의 날을 맞은 집도 있었다. 중학교까지 같이 다닌 균선이라는 친구의 집이었다. 그의 아버지는 우리 아버지 임종시에 두 손을 붙들고 울던, 함께 글이 통하고 모든 것이 통하던 분으로, 마을에서 조금 떨어진 갱변('개갱머리' 혹은 '개갱촌'이라고도 불렀다) 들에 커다랗게 일족의 동네를 이룬 부자였다. 그러나 70년대가 다 지날 무렵에는 갱변 들 경주 이씨 번화한 집들은 물론 외따로 솟은 정자며 사당까지가 모두 들로 변하고 말았다. 다만 그 밑의 '약새미'라는, 여름에는 차고 겨울이면 뜨뜻한 명샘만이 나무 그늘 아래 남아 있었다. 지금은 경지정리로 그 샘마저 없어져버렸지만.

농촌의 분해가 어찌 이 마을뿐이겠는가. 그리고 어찌 전라선변뿐이었겠는가. 그러나 이 반도의 반쪽 중 가장 극심한 분해를 겪은 곳은 전라선, 호남선 연변의 마을이었다. 부분이농이 전가족 이농으로 바뀌기 시작한 것은 70년대 중반 무렵부터다. 이제는 열차에서 옷가방을 든 어린 처녀를 만나는 일이 없어졌다. 온 가족이 트럭으로

들 서울길을 올라갔으니 말이다. 그들이 모여 창신동 산동네를 이루고 다시 그곳에서 내쫓겨 광주대단지(오늘의 성남시)를 만들고 봉천동, 신림동, 시흥동, 더 북쪽으로는 삼양동, 월계동, 상계동 등의 산꼭대기 동네를 이루었다. 그리고 그들의 2세들이 모르긴 해도 거의 예외 없이 오늘의 산업노동자들이 된 것이다. 내가 아는 젊은 시인 중에도 그 2세들이 많다. 식민지시대 일제는 조선반도를 효율적으로 수탈하기 위해 철도를 놓았는데 오늘의 독점자본은 자국 농민들을 수탈하고 그 노동력을 값싸고 손쉽게 공급받기 위해 그 철로를 통해 농촌을 분해해버린 것이다.

4

1967년 겨울, 하여간 나는 그 죄 많은 전라선을 타고 정훈희의 「안개」가 울려퍼지는 서울역 광장에 이불보따리를 메고 내렸다. 그리고 이듬해 3월에 찾아간 곳이 미아리에 있던 서라벌예술대학이었다. 여기에서의 일들은 일일이 적지 않기로 하자. 아직도 내게 그 모순의 시간들은 너무 가깝고, 김동리·서정주 시대 문단의 축소판 같은 곳이 그곳인지라 이것저것 톡 까놓고 적기엔 걸리는 것이 너무 많다. 하여간 나는 여기서 모더니즘을 배웠고 어떻게 하면 이 낯익은 세상, 죄 많은 세상을 낯설게 표현할까에 고심했다. 내가 보았고 살고 있는 세상은 너무도 낯익은데 이것을 낯설게 하다니! 그것은 모순의 연속이었다.

그럴 때면 나는 열차를 타고 다시 전라선을 달렸다. 구례구역까지는 완행열차로 11시간, 급행으로 7시간 반 정도. 밤 11시 반에 서울역을 떠나는 진주행 순환열차를 타면 다음 날 어스름 새벽에 구례에 닿는다. 나는 그 새벽 강줄기의 몸 뒤척이는 모습이 좋았다. 신선했다. 어디서 닭 우는 소리가 들리는 듯도 했다. 들 가운데에 서 있는 고향 마을의 동구나무가 보이면 마음이 안온해졌다. 나는 그 들길을 개구리 잠 깨는 웅얼거림을 들으며 걸었다. 아니, 개구리들도 내 발짝소리를 알아주는 것만 같았다. 왕시리봉의 높은 이마가 발그레하게 빛날 무렵 대숲의 왁자한 참새들을 젖히고 마당에 들어선다. 늙으신 어머니가 반색을 하며 달려나온다. 그러나 집안 꼴은 말이 아니다. 여기저기 쇠락의 기운이 창연하다. 머슴들도 없고 이제는 자신이 손수 쇠죽가마 앞에 앉은 늙으신 아버지에게 가 절을 한다. 아버지는 예전처럼 말이 없으시지만 속으로는 지나가버린 당신의 세월을, 아니 다시는 올 수 없는 당신의 세상을 우시고 있다는 걸 나는 안다.

떠나올 때 늙으신 어머니가 하얀 머리를 날리며 동구 앞까지 따라 나오신다. 방아다리를 지나 아랫냇가로 내려서서 내 등이 보이지 않을 때까지 어머니는 오래 거기 서 계실 것이다. 다시 전라선 기차를 탄다. 숨결로 나의 고향을 재현해보자. 거기 살았던 사람들과 살고 있는 사람들과 살아야 할 사람들의 기나긴 사연들과, 영원이 되어버린 짧았던 순간의 이별, 무엇보다도 그들의 아픔을. 다시 어머니의 모습이 어른거린다. 호주머니를 뒤져 어머니가 찔러준 접히고 접힌 천원짜리 지전들을 만져본다. 그러나 내가 어설프게나마 그 고향의 아픔들을 그리기 시작한 건 학생 시절이 다 끝나갈 무렵, 1971년경이었다. 그리고 오늘 나는 다시 또다른 미지의 모험에로의 여정 앞에 서 있다. 어디로 갈 것인가? 내게는 뒤늦은 스승이었지만 우리 모두에겐 아직 젊은 시인 김수영의 목소리가 내 속에서 이렇게 외치는 것 같다. "너의 길을 가라. 그보다 먼저 네 시의 행로를 고독을 다해 살아라. 언어는 그다음의 문제다."

(1992)

우정의 발견

창비 50주년 기념 인터뷰*

김이구 선생님은 1974년 '자유실천문인협의회(자실) 101인 선언'에 참여하셨는데요. 군부독재 시절 어떻게 문학운동에 나서게 되셨나요?

이시영 74년 1월 어느날 새벽 흑석동 하숙집에서 느닷없이 들이닥친 형사들에게 끌려 노량진경찰서로 연행되었습니다. 거기서 중앙정보부(현 국가정보원) 기관원들에게 신병이 인계된 후 남산으로 끌려가는 동안에도 연행되는 이유를 몰랐어요. 장충동공원 언저리에서 어느 덩치 큰 사내가 타는데, 고 조

* 계간『창작과비평』창간 50주년을 기념해 출간된『한결같되 날로 새롭게: 창비 50년사』(창비 50년사 편찬위원회 엮음, 창비 2016)에 수록된 김이구 창비교육 기획위원과의 인터뷰를 이 책에 맞게 손보았다. 원제는 '험난한 민족운동의 일선에서 우정을 쌓아가다'로, 인터뷰는 2015년 5월 14일 마포구 서교동 세교연구소에서 진행되었다.

태일 시인이었습니다. 남산 조사실에 도착해서야 나는 내 이름이 그달 7일 명동 코스모폴리탄다방에서 발표된 '개헌 청원 지지 문인 61인 선언'에 서명된 것을 알았습니다. 만 25세의 꽃다운 나이에 중앙정보부에 입사식을 치른 셈이지요. 왜, 어떻게, 누구의 사주로 서명했는지를 육하원칙에 따라 진술해야 했는데, 그런 데 가도 수사관을 잘 만나야 한다는 걸 절실하게 느꼈습니다. 그때까지만 해도 좀 어리숙한 시절이라 그랬는지 나를 조사하는 수사관의 맞춤법 등 글쓰기 능력이나 심문방법 이런 게 피의자인 내가 봐도 좀 시골 경찰티가 났어요. 작성한 조서를 위로 가져갔다가 늘 퇴짜를 맞고 투덜대는 걸 지켜봐야 했습니다. 인상적인 것 중의 하나가, "문호철이란 사람을 아느냐?"고 묻는 것이었어요. "모른다"고 했는데 그게 바로 '문학하는 이호철 선생'이란 걸 뒤늦게 알았지요. 『증언: 1970년대 문학운동』(한국작가회의 2014)을 보니 그때 중앙정보부 같은 정보기관에서 이호철 선생 등을 '문인간첩단 사건'으로 엮으려 했던 거예요. 한 이틀 조사받고 닦달받다가 어느 큰 방으로 옮겨졌는데 거기 조태일 시인과 소설가이자 『동아일보』 논설위원이던 고 오상원 선생이 있었어요. 같이 훈방되어 남산을 나와 아스토리아호텔 근처 중국집에서 오상원 선생이 사준 짬뽕에 배갈을 먹었던 기억이 생생합니다. 나는 당시 모 고등학교 야간부 국어교사이자 대학원생이었는데, 그후로 말하자면 문인 자유실천운동에 자연스럽게 막내 세대로 참여하게 된 셈입니다. 그해 11월 18일 광화문 비각 옆의 의사회관 앞(현 교보빌딩 자리) '자유실천문인협의회 101인 선언'에 소설가 송기원과 함께 "우리는 중단하지 않는다" "(당시 수감 중이던 김지하)시인 석방하라"라는 플래카드를 든 것도 그 연장인 셈이지요. 79년 10월 박정희의 총격피살 때까지 송기원과 나는 고은-이문구-박태순 트로이카 체제로 이루어진 자실 집행부의 실무총무, 이른바 '가방모찌'를 했지요. 주로 회원들에게 찾아가 회비 걷는 것이 임무였어요. 일주일에 한번 기독교회관의 '목요기도회'에 가서 성명서 읽고 소식지 나눠주고 받는 등의 일도 우리 몫이었어요.

김이구 창비에는 어떤 계기로 입사하시게 되었나요?

이시영 창비에 입사한 건 정확히 80년 2월 1일이었습니다. 염무웅 선생의 소개로 백낙청 선생을 만나고 당시 정해렴 사장 체제에서 편집장을 했습니다. 첫번째 만든 시집이 '창비시선' 21번인 김상옥 시집 『먹을 갈다가』인 걸로 기억합니다. 그 전에 『창작과비평』 1971년 가을호에 시를 다섯편 발표했는데, 이게 묘해요. 조태일 시인을 찾아가 『다리』라는 월간지에 발표를 부탁했는데 어떻게 된 것인지 작품들이 『창작과비평』 염무웅 선생에게로 가서 거기 실린 거지요. 아까 얘기를 안 했지만 나를 자실과 창비로 끌어들인 건 바로 염무웅 선생이었어요. 그후로 지금껏 그는 내 인생과 문학의 사표(師表) 같은 역할을 해주신 것이지요.

김이구 1980년 7월에는 문학계와 지성계에서 한창 지가를 올리던 계간 『창작과비평』이 폐간당합니다. 그 당시 상황은 어떠했나요?

이시영 『창작과비평』 80년 봄호와 여름호를 만들 때는 계엄하였기 때문에 모든 신문·잡지가 서울시청 1층에 마련된 계엄사 언론검열단의 사전검열을 받아야 했습니다. 인쇄 직전의 OK 교정지로 일종의 가제본을 만들어 제출했는데, 검열단에서 빨간 잉크로 '삭제' 하는 식으로 표시하면 그 부분을 들어내야 했어요. 좌담, 논문, 평론, 시, 심지어는 「편집후기」까지 삭제되곤 했지요. 양성우 시집 『북치는 앉은뱅이』(창비시선 23)가 나왔다는 「편집후기」의 일부가 삭제되어 일부러 공란으로 남긴 채 인쇄했던 기억이 생생합니다. 당시 편집부 사원은 백영서, 이혜경 씨였는데 7월 30일 『창작과비평』 가을호 가제본을 시청 계엄사 검열단에 제출하고 휴가를 가려고 했지요. 이튿날 아침 합동통신(현 연합뉴스) 문학 담당 기자로부터 『창작과비평』을 비롯한 무려 170여종의 잡지가 국가보위비상대책위원회의 결정으로 폐간되었다는 소식을 들었습니다. 당시 물타기용으로 『선데이 서울』 같은 선정적인 주간지도 포함되었지만 『창작과비평』과 함께 『문학과지성』 『뿌리깊은 나무』 『씨올의 소리』 등 군사정권의 눈 밖에 난 잡지들을 모조리 강제폐간하는 것이 주요 목표였습니다. 검열로 실리지 못한 원고 중 가장 기억에 남는 것이 『동아일보』 해직기자인 이태호 씨가 쓴 도시산업선교회 조화순 목사에 관한 르뽀르따주 형식의 글이에요. 창비가 이사할 때마다 그 지형(紙型)과 가을호 가제본을 늘 소중히 챙기곤 했는데, 아현동 시절을 거쳐 용강동 사옥으로 올 무렵 없어졌어요.

김이구 1985년 12월, 이번에는 서울시에서 출판사 등록취소 처분을 하는데요. 이때 어떤 이유로 출판사 등록이 취소됐으며, 어떻게 대응하였나요?

이시영 백낙청 선생이 참 존경스러운 점은 아주 침착하고 위기 관리에 능하다는 것이었어요. 잡지가 없어진 후 회사를 아현동 양철지붕의 창고 같은 곳으로 옮겨 '창비아동문고' 사업을 진행하면서 이른바 창비 수난시대의 '비정상의 정상화'를 기했는데, 현재는 번호가 바뀌었지만 당시 아동문고 11번부터 나온 15권의 '한국 전래 동화집' 씨리즈가 호응이 좋았습니다. 이에 기운을 받아 무크 형식의 '신작시집' '신작소설집' '신작평론집' 등의 씨리즈를 통해 계간지를 대체하는 발표지면을 확보하면서 시인 김사인, 김용택, 평론가 고 채광석 등 이른바 80년대의 신인들을 배출했지요. 일종의 새로운 진지 구축인 셈이지요. 그러다가 1985년 10월 용기를 내어 만든 종합무크 형태의 부정기간행물 『창작과비평』 계간 통산 57호가 화근을 불러와 그해 12월 9일 서울시로부터 출판사 등록취소 통보를 받게 됩니다. 이 소식도 12월 7일 밤 문학과지성사 창사 10주년 기념행사에 참석했다가 김병익 당시 문지 대표로부터 들은 겁니다. 우리만 낌새를 전혀 못 채고 까마득히 모르고 있었던 거지요.

잘 알려져 있다시피 이 등록취소 사건은 문학인은 물론 대학교수 등 지식인들의 거센 저항을 불러와 이들이 '창작과비평사 등록취소에 항의하는 각계 인사 2,853명의 항의서 명록'을 문화공보부(문공부)에 제출하는 등 사회적 파장을 몰고 왔습니다. 당시 『동아일보』와 『한국일보』는 사설 및 문화면 박스기사, 사회면 3단기사 등으로 이 사실을 크게 보도했지요. 그리고 이듬해 8월 5일 '창작사'라는 이름으로 출판사 등록이 이루어지기까지 철야농성과 항의집회, 당시 대표 김윤수 선생과 문공부 매체국장의 기나긴 '회담'의 시간이 이어집니다.

『창작과비평』 복간호(통권 59호)가 나오게 된 건 88년 봄인데, 그사이에 우리가 87년 6월민주항쟁의 승리라는 거대한 전환의 계기를 거친 덕분이지요. 생생하게 기억나는 게, 노태우 후보가 양김과 맞붙은 그 전해인 87년 12월 대선 기간 중 문공부 매체국장으로부터 갑자기 전화가 걸려왔어요. 그분은 나를 못마땅하게 여겨 주간에서 업무국장으로 강제발령을 내도록 한 사람인데, 김윤수 선생이 안 계시니까 할 수 없이 나를 찾아 '『창작과비평』을 복간 신청하라'는 것이었어요. 전화를 받고 문지 김병익 사장에게 연락해봤더니 거기도 같은 시간에 통보를 받았다고 하더군요. 문공부에 계간지 등록신청을 하고, 12월 말경엔 마포구청에 가서 출판사 이름을 '창작사'에서 '창작과비평사'로 복원했지요.

김이구 80년대엔 또 김지하 시선집 『타는 목마름으로』(창비시선 33)를 비롯해 많은 책들이 판금과 압수를 당했습니다. 『타는 목마름으로』는 어떻게 해서 출간하게 되었나요?

이시영 내게 제일 고생스러웠던 것은 82년 6월의 김지하 시선집 『타는 목마름으로』 간행 때였습니다. 당시 계엄은 해제됐지만 문공부는 사실상 사전검열에 해당하는 '납본필증' 제도를 운영했죠. 출판사는 모든 도서를 문공부에 납본하고 14일 이내에 필증이 안 나오면 간행 자체가 불법이 되는 간행물 심의제도였어요. 이때는 다들 팔팔한 청년기라 '에라 모르겠다, 한번 붙어보자'는 심정으로 시집 1만부를 제작하여 이 필증이 나오기 전에 미리 배포해버렸습니다.

이 시집 추진은 오랜 옥중생활을 하고 나온 시인과 '정본 김지하 시집'을 제대로 만들어보자는 협의가 있었기 때문에 가능했습니다. 당시 나는 원주와 서울 사이를 몰래 오가며 지하 형과 이 작업을 진행했습니다. 표지는 아현동 창비 사무실 건너편에서 '문장'이란 출판사를 운영하던 고 오규원 시인이 무료로 디자인해주었구요. 나도 그렇지만 백낙청 선생, 당시 정해렴 사장의 모험심이 제대로 맞아떨어져 서점에 나가자마자 금세 1만부가 다 팔려나갔어요. 그래서 경신제책사(원효로 소재)에서 1만부를 추가 제본하던 중 국가안전기획부(안기부, 현 국가정보원)에 덜컥 걸린 겁니다. 어느날 아침 출근하자마자 내가 제일 먼저 잡혀갔습니다. 당시는 패기가 있어서 처음부터 2천부만 제작했다고 우겼지요. 웬걸, 안기부에서 교보문고에 가 조사해 거기 들어간 책만 해도 2천부가 넘는 것이 뒤늦게 밝혀지자 백선생이 피신 중이던 영업부장 장재웅 씨를 안기부에 보내 사실을 밝히게 했어요. 어느 아침 구둣발 소리도 요란히 수사요원들이 내가 있는 방으로 내려와 다구리를 놓는데, 그날은 입술이 터져 밥알을 씹을 수도 없었어요. 뒤에 안 것이지만 정해렴 사장도 안기부에 잡혀왔어요. 며칠을 지내고, 그날이 아마 토요일이었을 거예요, 나를 내보내주는데 바로 옆에 『타는 목마름으로』 지형을 든 수사관이 타고, 뒤에 트럭이 한대 따라왔어요. 나중에 안 사실이지만 경신제책사에서 압수한 가제본

상태의 시집이 실려 있었지요. 나를 태운 승용차가 이상하게도 문공부가 있는 경복궁으로 가는 거예요. 거기 썰렁한 사무실에 문공부 고위 국장이 기다리고 있었는데, 아주 못마땅한 기색이 역력했어요. 내 앞에 백지를 내놓더니 안기부 요원들이 지켜보는 앞에서 '재산포기각서'를 쓰라고 해요. 내가 대표도 아니고 그런 걸 쓸 수 없다고 버텼더니 안기부 요원들이 전화로 정해렴 사장을 연결해주는 거예요. 할 수 없이 각서를 쓰고 그 뒤를 따라온 트럭과 함께 경신제책사로 가서 지형 및 가제본 시집 1만여부가 제본소 재단기 칼날에 '도륙'되는 현장을 지켜봤습니다. 나중에 경신제책사 상무가 폐지 값으로 7만원인가가 나왔으니 받으러 오라 해서, 그걸로 제본소 직원들끼리 술이나 한잔씩 하시라고 했지요. 전두환 군사정권 문화탄압의 생생한 실상을 보여준 사건입니다. 게다가 국세청에서 코딱지 같은 아현동 창고 사무실을 압수수색해서 추징금 1천만원 통보까지 받아야 했습니다. 이후 '창비돕기운동'이 대대적으로 벌어져 고 이수인 교수 등이 백방으로 뛰며 창비아동문고를 팔아주던 기억이 납니다. 우리는 굴하지 않고 같은 해 12월에 김지하의 『대설 남(南)』이라는 특이한 사설체 시집을 두권 더 납본했어요. 하지만 끝내 불허되어 이미 제본된 채 회사 창고에 쌓인 책에 '봉인' 도장이 찍히기도 했어요. 지금 와 생각해보니 지하 형과 창비는 '궁합'이 잘 안 맞았던 것 같습니다.

김이구 1988년 계간지가 복간된 뒤에도 89년 겨울호에 황석영 북한방문기 「사람이 살고 있었네」를 실었다가 국가보안법 위반으로 선생님이 구속되셨고, 편집을 맡은 저도 남산 안기부에서 2박 3일 조사를 받았는데요. 싣게 된 경위와 어떤 고초를 겪으셨는지 말씀 부탁드립니다.

이시영 『창작과비평』의 마지막 불운이었다고 할까요. 황석영 작가의 「사람이 살고 있었네」(450매)를 게재했는데 그해(1989) 11월 23일 역시 안기부에 연행되어 17일간의 장기 조사와 '신검'을 받고 구속되었죠. 그리고 이번에는 제대로 서울구치소(경기도 의왕시 소재) 맛을 보게 되었습니다. 여기 인터뷰어인 김이구 선생도 함께 국가보안법 위반 혐의로 불구속 기소되었지요. 12월 9일에 넘어간 후 이듬해 2월 3일 보석으로 풀려났습니다. 1~3심을 거쳐 징역 8월, 자격정지 1년을 선고받았지요. 95년 8·15특사로 사면되었습니다. 뒷날 언젠가 밝혀지겠지만 안기부 조사실에서 심문받으며 계간 『창작과비평』에 대한 산더미 같은 분석자료와 필자들에 대한 방대한 기록을 보고는 저 자신도 깜짝 놀랐습니다. 아, 국가정보기관이 내국민들을 이렇게 광범위하고 치밀하게 '사찰' 내지 '사상 검증'을 하는구나 했지요. 그리고 거기서 아침마다 얻어 마신 남산 약수의 그 찬 맛 또한 잊을 수 없는 추억으로 남아 있습니다. 다섯명의 조사관들과 보름 이상을 함께 숙식하다보니 아, 여기도 '사람이 사는 곳이구나'라는 것도 느꼈구요. 안기부에 연행되기 보름 전엔가 대치동 은마아파트 11동에서 31동으로 이사를 했는데, 안기부 직원이 이삿짐센터의 일원으로 들어와 내 서가에서 이른바 불온서적, 북한소설 『피바다』『꽃파는 처녀』 그리고 『조선전사』 상·하 같은 책들을 슬쩍해간 사실도 나중에야 알았습니다. 이게 뒤에 재판정에 '증 1' '증 2' 등으로 제출되었어요. 요즘도 문제가 되고 있는데, 기소독점권을 쥐고 있는 대한민국 검찰의 저열한 수사태도, 그러니까 안기부 조서를 그냥 그대로 묵인하는 방식 등을 경험한 것도 제겐 큰 인생공부였지요.

김이구 네. 70,80년대 전개된 민주화운동과 민족문학운동의 한복판을 지나오셨는데요, 그 시기 창비의 역할은 무엇이었다고 보시는지요?

이시영 창비와 자실의 관계는 전자가 '진지'였다면 후자는 '전위'였다고 생각합니다. 창비의 이론과 담론 그리고 뛰어난 문학작품들의 생산이 없었다면 자실도 가능하지 않았을 겁니다. 이론과 실천이 교호(交互)함으로써 한국 문학운동사에 가장 빛나던 시기는 아무래도 70년대였다고 생각합니다. 80년대 후반기에 와서는 새로운 세대에 의해서 민족문학 진영의 '소분할'이 이루어져, 『노동해방문학』 『사상문예운동』 『녹두꽃』 등의 잡지가 출현했지요. 학생운동권 출신 세대의 독자적인 문학론이 87년 6월항쟁을 거치며 이론적 분화를 하게 된 것인데, 세칭 『녹두꽃』은 '자주파', 『사상문예운동』은 '민주파', 『노동해방문학』은 '민족민주파'라 불렀습니다. 90년대 들어서는 민중민족문학 진영 자체가 그전만큼의 싱싱한 활력을 발하지는 못했다고 생각됩니다.

가령 70년대에 씌어진 백낙청의 「역사적 인간과 시적 인간」(1977) 같은 민족문학론, 염무웅의 민중문학론 없이 자유실천운동이 어떻게 가능했겠습니까? 그런 점에서 저는 신경림·고은·김지하의 시들과 이문구·황석영 등의 소설처럼 빛나는 문학적 성과 없는 문학운동은 상상할 수도 없을 것이라고 단언합니다. 여러모로 한국문학의 70년대는 '4·19정신'이 정점을 이룬 '문학의 르네상스' 시대였다고 봅니다. 작품과 이론과 실천이 일치되는 황금시대라고나 할까요. 거기에 비해 80년대는 군웅할거의 분할기였고, 90년대의 한국문학은 침체기라고 생각합니다. 운동과 작품이 행복한 교호를 이룬 이렇다 할 성과가 없어요.

김이구 독재정권과 대결한 70,80년대는 엄혹한 시절이었지만 변혁의 열정과 예술적 창조가 행복하게 만난 시기였다고 생각됩니다. '역사는 밤에 이루어진다'는 말도 있는데, 선생님은 야간에는 창비 '술상무'로 '연장근무'를 하시면서 문인들은 물론 각계각층의 인사들을 만나셨지요. 창비를 찾아온 문인들이 어울려 회포를 풀던, 마포 용강동 사무실 건물(용현빌딩) 1층에 있던 맥줏집 '아몬드치킨'은 제 기억에도 생생한데요. 그 시절 창비의 '밤문화' 내지 '술문화'는 어떠했나요?

이시영 돌이켜보면 80,90년대 창비 문인들의 술자리는 그 '아몬드치킨' 시절이 절정이었지요. 『서른, 잔치는 끝났다』(창비시선 121, 1994)의 최영미 시인을 처음 만난 것도 바로 그곳이었어요. 당시 창비를 들락거리던 문인들 중 그곳을 들르지 않은 분이 없을 정도로 대낮부터 아몬드치킨은 나와 고형렬 시인의 제2의 사무실이었습니다. 김사인 시인, 임규찬 평론가가 당시에 창비에 투고되는 시, 소설 예심위원 비슷한 걸 하고 있었는데 이들도 단골이었고, 80년대 중후반부터 두툼한 『자본론』 원서를 끼고 다니던 시인 김정환은 아예 '상근자'였어요. 그 위 연배로 고 조태일 시인, 현기영 소설가와, 89년 출옥 후의 고 김남주 시인도 90년대 아몬드치킨을 애용했어요. 소설가 송기숙 선생은 광주에서 올라오시면 그곳을 들렀구요. 유독 백낙청 선생만은 단 한번도 들르지 않았던 것 같아요. 94년 2월 김남주 시인을 보낸 후 현기영 선생이 그곳에 모인 후배들 앞에서 추모곡으로 부른 아일랜드 민요 곡조의 「대니 보이」라는 노래가 떠오르는군요. 그 노래를 듣고 고 박영근 시인 등이 흘리던 눈물이 생각납니다.

1986년부터 2000년 무렵까지가 아몬드치킨이었다면, 그 전인 80년대 초, 중반은 아현동 마포경찰서 뒤편 목포 출신 아주머니가 하던 '목포집'이라는 국숫집이 우리들의 거처였어요. 고 정윤형 홍대 해직교수, 동아투위 출신 언론인 김종철 번역가, 당시 한길사 김학민 상무, 김정환 시인 등이 드나들었죠. 낮이나 밤이나 손님이 오면 목포집으로 가 '필자 접대'를 했습니다. 출판사 등록취소 사건도 이곳에서 겪은 셈이시요.

공평동 시절(1980)에는 신신백화점 뒤편 골목의 작은 맥줏집이 단골이었는데 소설가 고 한남철 선생, 현기영 선생 등과 삶은 땅콩을 까먹어가며 술 마시던 생각이 납니다. 낙원동 '탑골'과 인사동 '평화 만들기' '이화' 등도 반드시 2차로 들르던 곳이었어요. 그중 탑골은 당시 실천문학사를 맡고 있던 송기원과 나의 아지트 비슷한 곳이었습니다. 김지하 시인과 이동순 시인의 '옛노래 대결'이 벌어진 곳도 탑골입니다. 90년대에 주인이 세번 바뀔 때까지 참 열심히 드나들던 곳으로 고은 시인과 고 리영희 선생도 그 집 단골이었습니다.

술과 문인의 인연은 근대문학 초기부터 그 전통이 유구한데, 70년대엔 청진동이 주 무대였어요. 자실 사무실이 청진동 실비집일 정도였으니까요. 하루의 일과가 대개 거기서 정리되곤 했어요. 단골 멤버는 물론 고은, 이문구, 박태순, 송기원, 이시영 등등. 주머니가 좀 두둑한 날이면 '가락지'라는 맥줏집을 찾곤 했는데, 거기 가면 이문구 선생 이름만 대고도 외상 맥주를 실컷 마실 수 있었어요. 인근 건물에 민음사, 한국문학사가 있었고 중학동에 창비가 있어서 밤이면 청진동 가락지가 문인들, 기자들의 집결지였어요. 그 시절 창비의 '술상무'는 염무웅 선생이었습니다. 이때의 황석영 선생은 30대로 팔팔했는데 그도 이곳을 자주 찾았죠. 평화롭던 술자리가 언쟁 끝에 '격투 직전'으로 이어지던 날도 가끔 있었는데, 당시 '평안도 박치기'로 유명한 강용준 소설가와 황선생이 아슬아슬한 지경에까지 이르렀던 기억이 납니다. 나 또한 대구에서 올라온 모 평론가와 드잡이한 경험이 있는 곳이에요. 돌이켜보면 문인들을 만나 술 마시고 투쟁 속에 울분을 달래던 '밤의 창비' 문화 또한 '낮의 창비'와 함께 반드시 기억되어야 할 소중한 이면입니다.

그런데 문인들은 술을 즐기는 정도가 아니라 곯아떨어질 때까지 마시는 습벽이 있는지라 안타깝게도 많은 이들이 이로 말미암아 유명을 달리했는데, 그중 아까운 분이 조태일 시인하고 박영근 시인이에요. 조태일 시인은 밤술보다 낮술로 생맥주를 즐겼는데 마시는 맥주잔의 수가 1, 3, 5, 7, 9

즉 홀수로 가야 한다는 이상한 취향이 있어서 후배들이 이를 따르느라 고생 좀 했지요. 그리고 박영근은 아침저녁을 가리지 않고 몇박 며칠 술자리를 이어가는 게 문제였구요. 김남주 시인은 늘 자리를 지켰지만 술을 그렇게 즐기진 않았어요. 진짜 술꾼은 미얀마에서 정진 수도하다 최근 귀국한 송기원이었어요. 탑골에서 출발한 술자리가 성남에 있던 '남한산성'이란 여관까지 2박 3일씩 이어지던 즐겁고 무책임하기까지 했던 그 시절이 떠오릅니다. 송기원과 만나기만 하면 이런 일이 계속되어 백낙청 선생에게 주의를 받은 적이 여러번이었어요.

그런데 술자리에서 의외의 소득 또한 있었는데, 알베르 망뚜의 『프랑스혁명사』 상, 하(창비신서 39, 40, 1982) 『산업혁명사』 상, 하(창비신서 81, 82, 1987)는 정윤형 교수의 뜻밖의 제안이 출판으로 이어진 것이고, 이외에도 술자리 교류를 계기로 나오게 된 시집, 소설집이 예를 들 수 없을 정도로 많습니다. 2000년대 들어 나온 황석영 번역의 『삼국지』(2003) 또한 90년대 말의 어느 술자리에서 누가 제안하여 이루어진 것입니다. 인사동 문우서림 김영복 선생에게서 희귀본인 한문 원본과 박태원의 정음사판 『삼국지』를 구입하여 당시 공주교도소에 있던 황선생에게 넣어주었지요. 이게 앞으로 형님의 쏠쏠한 부수입이 될 거라면서. 처음엔 완강히 거절했어요. "내가 나가면 쓸 소설이 『손님』 등 무려 서너개나 잡혀 있는데 겨우 『삼국지』 번역이냐!"라며. 하지만 결국엔 출간하게 됐죠. '밤의 창비'가 '낮의 창비'에선 생각할 수 없는 뜻밖의 기획을 생산한 셈이지요. 그러나 '밤의 창비'가 문인들에게 준 가장 큰 것은 '우정의 나눔'이었습니다. 그 팍팍했던 시대를 우리는 우정을 쌓아감으로써 견디고 서로 위로하며 건너온 것입니다.

김이구 잊을 수 없는 장면들이 많네요. 90년대에는 창비가 출판사로서 더욱 발돋움을 하는데요. 선생님은 94년 3월에 주식회사로 전환할 때 상무를 맡았다가, 95년 2월부터 대표이사 부사장으로 일선에서 경영을 담당하셨습니다. 그 무렵 어떤 변화들이 있었는지요?

이시영 내가 경영자로서 창비 일원의 역할을 자임한 것에 대해선 따로 드릴 말씀이 없습니다. 이은성의 『동의보감』에 이어 유홍준의 『나의 문화유산답사기』 씨리즈 제1권이 내 손길을 거쳐 나온 것이 제일 기억에 남습니다. 저자인 유교수와 머리를 맞대고 신문광고 디자인을 하던 밤이 생각납니다. 겁없이 초판 5만부를 찍던 일이며… 후회되는 바도 없지 않고 그냥 주간으로서 편집자 역할에나 충실했다면 더 좋지 않았을까 하는 생각도 드네요.

여기 와서 참 많은 이들을 만났고 우정을 나눴으며 선배들로부터는 고귀한 인품과 불의에 항거하는 담대한 '인간 이성의 승리'를 배웠습니다. 영향을 제일 많이 준 분은 아무래도 일상적 접촉이 많았던 백낙청 선생이구요. 87년 6월 항쟁이 거리에서 치열하게 전개될 때도 간행을 막 앞둔 부정기간행물 『창비 1987』(통권 58호)의 머리말을 쓰느라고 책상 앞에서 몰두하던 선생의 모습이 떠오르네요. 그의 지성과 '적공(積功)'이 오늘의 창비 50주년을 이루는 기둥이라고 생각합니다. 그는 경영자로서의 '살림살이' 또한 지극해서 팩스도 없던 시절 인편으로 제게 전해오는 편지 봉투는 60년대에 사용하던 일조각 봉투였어요. 무언으로 살림살이의 절제를 가르치신 셈이지요. 이게 사소한 것 같지만 엄청난 거지요. 엊그제 받은 책 『백낙청이 대전환의 길을 묻다』(창비 2015)를 보고는 이분이 이제 또다른 '대전환기' 지식인의 면모를 실천으로 보여주시는구나라고 느꼈습니다. 그가 요즘 말하는 '적공'이라는 화두는 모든 운동의 기본인 자기수련 없는 개혁이니 혁신이니 하는 것의 부실함을 아프게 지적해줍니다. 새로운 창비 50년이 이처럼 부단한 자기성찰 속에 장강(長江)처럼 역사의 기슭을 굽이쳐 흘러가기를 바랍니다.

김이구 네. 꼭 새겨야 할 말씀입니다. 감사합니다.

(2016)

‘창비시선’에 관한 몇가지 에피소드

내가 창비시선 편집에 관여하기 시작한 것은 편집부장으로 입사한 1980년 2월부터이며, 구체적으로는 창비시선 21번부터 24번까지가 첫 작업인 셈이다. 54번 이후부터는 고형렬 시인이 입사하여 그와 나는 사실상 ‘공동 편집자’인 셈이었으며, 그밖에 여기에 이름을 일일이 밝힐 수 없는 몇몇 시인들이 곁에서 도왔다. 1995년 2월 내가 대표이사 부사장으로 경영에 참여하면서 그때부터 사실상의 창비시선 편집자는 고형렬 시인이었다. 2003년 3월에 나는 창비사를 퇴사했으며, 고 시인은 그보다 2년 뒤인 2005년 봄에 창비에서 나왔다. 지금까지의 ‘인생사업’에서 별로 잘한 일은 없지만 우연이라는 운명이 내게 부여해준 창비시선 편집자로서의 역할은 두고두고 생각해봐도 내게는 큰 행운이자 지극한 보람이었던 것 같다. 물어보지는 않았지만 아마 고형렬 시인도 그렇게 생각하고 있으리라.

1

「휴전선」의 고 박봉우 시인이 작고하기 전이고 창비가 아직 마포경찰서 뒤편에 있을 때의 일이니까 아마 1986년경이 아니었나 싶다. 마포서 정문 바로 옆의 리치몬드 제과점에서 박선생은 나를 만나자마자 너털웃음을 지으며 털어놓았다. "내가 자네 이름을 팔아서 술깨나 얻어먹었네그려! 창비에 있는 이시영이가 시집을 내주기로 했다고 하면서 말이야." 당시 전주시립도서관의 촉탁사원으로 있던 박선생은 술 생각이 간절한데 핑계 댈 것이 없으면 나를 알 만한 문인들에게 전화를 걸어 이런 거짓말을 해서 술을 얻어먹었다고 한다. 그런데 그중에는 내 고등학교 때의 문예반 담당 은사도 계셨다. 문제는 거기에서 발생했다. 몇달 후 은사이신 이모 선생님께서 우편으로 원고를 보내고 직접 전화를 걸어오신 것이다. 난감하기 짝이 없는 일이었다. 며칠을 고민하다가 정중하게 원고 반려 편지를 써서 보내드렸다. 창비에서는 선생님 원고를 창비시선으로 출간할 계획도 없을 뿐 아니라 지금으로서는 곤란한 일이라고. 그뒤로 나와 은사님의 사제로서의 인간적인 관계는 영영 끝이었다. 작년(2007) 11월 전주에서 아시아-아프리카 문학페스티벌(AALF)이 열려 그곳에 내려갈 기회가 있어 만찬장 등 여러 자리에서 선생님의 안부를 물어봤으나 끝내 뵙지를 못했다. 창비시선을 편집하면서 참으로 많은 원고를 반려해봤으나 은사의 원고까지 반려하게 될 줄은 정말 몰랐다. 지금 와서 나는 이것을 한 사람의 인격체로서 아주 잘한 일이라고는 생각지 않는다.

2

1980년 4월에 간행된 창비시선 24번 이동순 시인의 첫 시집 제목이 '개밥풀'인데, 이 제목은 내가 창비시선 편집자로서 가장 제목을 잘못 붙인 경우에 해당한다. 원래 시인이 지어온 제목은 그의 1973년『동아일보』신춘문예 당선작 제목인 '마왕의 잠'이었는데, 지금 생각해보면 그게 오히려 나을 뻔했다. '개밥풀'은 개구리 울 무렵 논둑에 돋는 소박한 풀 이름인데, 이 보잘것없는 제목을 '민중적'이라고 우기며 선사함으로써 나는 두고두고 그에게 마음의 빚을 지고 만 셈이다.「서흥김씨내간」등 그의 주옥같은 출세작들이 '졸작의 제목'에 가려 제대로 빛을 발하지 못한 예다. 더구나 젊으나 젊은 시인의 첫 시집 제목은 그 시인의 앞날의 운명을 예감케 해주기도 하는 것인데… 이와는 정반대로 타계하기 직전에 나온 고 임영조 시인의 시집 제목 '시인의 모자'는 내가 생각해도 외롭게 시에만 매

달리며 살던 그에게 관형어처럼 아주 잘 어울리는 제목이었다. 시집 제목이 좋다며, 최승호 시인을 만났더니 누가 그런 제목을 생각했느냐며 좋아하더라고 기뻐하던 시인이 신문에 시집 발간 기사가 나오기도 전에 치명적인 병으로 병상에 눕게 될 줄이야! 그리고 영원히 불귀의 시인이 될 줄이야! 지금 와 가만히 생각해보면 그 제목은 내가 지상에서 마지막으로 그에게 선사한 어떤 '거룩한 것'의 다른 이름이었던 같다.

3

곽재구 시인의 「사평역에서」를 『중앙일보』 신춘문예 당선작 발표에서 읽은 것은 1981년 1월이었다.

> 막차는 좀처럼 오지 않았다
> 대합실 밖에는 밤새 송이눈이 쌓이고
> 흰 보라 수수꽃 눈시린 유리창마다
> 톱밥난로가 지펴지고 있었다

로 시작되는 그 시는 '5월 광주'의 아픔을 안으로 삭이는 조용한 울음이자 '5월 광주'의 슬픔을 시적으로 승화시키면서 우리를 어떤 희망의 나라로 인도하는 불꽃이기도 했다. 나는 아직까지 신문의 신춘문예 당선작에서 이처럼 아름답고 조용하고 슬픈 서정시를 만나본 적이 없다. 시를 읽자마자 나는 『중앙일보』 문화부에서 시인의 연락처를 알아내어 그날 곧바로 전화를 했다. 당선을 축하하며 첫 시집을 창비시선으로 내자고. 그렇게 해서 나온 시집이 1983년 5월의 『사평역에서』(창비시선 40)이다. 이 시집은 아마 80년대 가장 빛나는 시집 중의 하나로 오래오래 기억될 것이다.

곽재구 외에 이렇게 첫 시집이 대표시집으로 문학사에 등재된 경우를 창비시선에서 찾는다면 김용택 시인이 있을 것인데, 그와의 인연 또한 각별하다. 1981년 늦가을 전주가톨릭센터에서 백낙청 선생을 초청하여 문학강연을 한 일이 있다. 백선생의 권유로 나도 동행했는데, 강연이 끝나자마자 키가 유난히 작은 청년 하나가 다가와 불쑥 '이시영 시인이냐?'고 물었다. 그렇다고 했더니 창비로 시를 보내도 괜찮겠느냐고 물어왔다. 그렇게 해서 받은 원고가 그의 유명한 「섬진강」 연작이었고, 이 작품들은 21인 신작시집 『꺼지지 않는 횃불로』(1982)를 거쳐 시집 『섬진강』(창비시선 46, 1985)으로 묶였다. 그리고 이 시집은 바로 이듬해에 나온 『맑은 날』(창비시선 56, 1986)과 함께 그를 단번에 한국의 유수한 서정시인의 한 사람이자 유일무이한(!) '섬진강 시인'으로 만들었다. 특히 『맑은 날』이 제6회 김수영문학상을 받았을 땐 나의 일처럼 기쁜 나머지 주관사에서 아직 보도자료조차 내지 않았는데 "'맑은 날' 김수영문학상 수상!"이란 5단×5cm 광고를 신문에 냈다가 주관사로부터 퉁바리를 먹은 일까지 있다.

4

아무래도 창비시선 33번 김지하 시선집 『타는 목마름으로』(1982)에 관한 얘기를 빼놓을 수는 없겠다. 여러 자리에서 밝힌 대로, 이 시집은 오랜 옥중생활로 '정본 서정시집'이 없던 터에 제대로 된 김지하 서정시집을 만들어보자고 저자와 합심하여 당시 서울-원주를 오가며 원고를 일일이 대조해가며 출옥 후 첫 시집을 만들어낸 것이다. 안기부가 이 '사건'에 제일 먼저 주목(!)하여 편집장이던 나와 영업부장, 정해렴 사장을 잇달아 연행, 조사했다. 심한 곤욕을 치르고 '사건'은 책 전량 회수 및 폐기, 지형 폐기, 국세청 세무조사 후 추징금 1천만원 부과로 끝나고 말았는데, 당시 이 시집은 복사본으로만 유통되다가 1987년 6월항쟁 이후에야 정식 출간할 수가 있었다. 말하자면 이 시집 간행에 얽힌 이야기는 '창비시선'이 군부독재 시절에 겪어야 했던 핍박과 탄압의 상징을 대표한다고 할 수 있다. 이외에도 조태일의 『국토』(창비시선 2, 1975), 황명걸의 『한국의 아이』(창비시선 9, 1976), 신동엽의 서사시 「금강」이 실린 『신동엽전집』(창비신서 10, 1975) 등이 그 시절 판매 금지된 작품집들이다.

김지하 시인과의 인연은 여기서 그치지 않고 그후 『대설 남』 1~3(1982~85)을 거쳐 신작시집 『마침내 시인이여』(신경림·이시영 엮음, 1984)로 이어지는데, 여기 실린 장시 「다라니」가 이번에는 정부가 아닌 불교계의 거센 항의를 받았다. 회사로 직접 스님들이 쳐들어오시고 편자들이 집 앞에서 곤욕을 치른 적이 있는데, 이것이 또한 화제가 되어 당시로서는 드물게도 5만부를 훌쩍 넘는 판매실적을 올리기도 했다. 그러나 편자인 신경림 시인과 나는 그 당시 길거리에서 스님들의 장삼 자락만 봐도 깜짝 놀라는 심리적 공황상태를 상당 기간 겪어야 했다. 군부독재하에서 김지하 시가 정부 당국의 제재 없이 발표된 첫 예가 바로 이 작품이다. 「다라니」!

5

최영미 시집 『서른, 잔치는 끝났다』(창비시선 121, 1994)의 원래 제목은 '마지막 섹스의 추억'이었다. 표지작업까지 다 마쳤을 때 당시의 영업부장 한기호(현 한국출판마케팅연구소 대표) 씨가 거세게 항의했다. "아니, 누가 버스나 지하철에서 '마지막 섹스…' 운운의 제목이 붙은 책을 들고 다니겠느냐?"고. 가만히 생각하니 일리가 있는 이야기였다. 저자를 설득하고 설득하여 기어이 받아낸 제목이 뒷날 그를 유명하게 만들어준 '서른, 잔치는 끝났다'였다. 당시에는 관례대로

4종의 시집을 한꺼번에 만들어 시중에 배포했는데, 시집들이 서점에 나가자마자 유독 그 시집만이 잘 팔린다는 것이었다. 영업부에서 광고 마케팅을 하자는 제안이 나왔다. 다른 세분의 시인에겐 미안한 일이지만 그렇게 해서 탄생하고 회자되고 저자를 일약 스타덤에 올린 시집이 바로 그것이다. 동시에 창비가 '상업주의 출판'에 뛰어든 것이 아니냐는 비판도 많이 받아야 했으나, 나는 지금도 그 시집은 최영미 시의 진수를 담고 있는 의미 있는 첫 시집이라고 생각한다. 좋은 시들이 많이 실려 있는데 많이 팔린 '그늘'에 가려 작품들이 제대로 평가받지 못한 점이 못내 아쉽고 그에게도 미안한 일이다.

6

86년경의 일이라고 기억한다. 문학평론가 고 채광석 씨가 시인 박노해를 대동하고 와 있으니 창비사 옆 수협 지하다방에서 만나자는 전갈을 보내왔다. 아마도 시집 간행을 제의하러 온 것 같아 보였다. 그런데 그날이 마침 월요일로 편집회의가 열리는 날이라 회의가 길어지자 당시 수배 중이던 박노해 시인이 더이상 기다릴 수가 없다며 자리를 떠버렸다. 『노동의 새벽』(풀빛 1984) 이후 제2의 시집을 우리가 곧바로 간행할 수도 있는 중요한 기회를 놓쳐버린 셈이었다. 무척 아쉬웠는데, 이 아쉬움은 그로부터 7년 뒤인 1993년 6월에야 채

워질 수 있었다. 그것이 그의 제2시집인 『참된 시작』(창비시선 112)이다. 당시 시인은 옥중에 있었으므로 상고이유서, 옥중시, 월간 『사회평론』 게재시 등을 찾아 동분서주하며 원고 정리 등으로 편집에 적극 참여해준 그의 부인 김진주 씨의 도움이 컸다. 80년대 당시 창비시선 편집자로서 박노해의 『노동의 새벽』을 놓친 것은 나의 큰 실책이라고 생각한다. 그러나 그외의 아쉬움은 별로 없다. 다른 유명 '시선'들이 있었지만 그것들에 비해 창비시선이 당시로서는 시대의 전선에서 그야말로 사심 없이 '최선'을 다했다는 자부심의 다른 표현인 셈이다.

그러나 이제 돌이켜 생각해보건대, 그 많은 '반려 편지'들을 정성들여 썼건만 그걸 받고 섭섭해하거나 서운해했을 수많은 동료시인들께 진 마음의 빚이 그지없다. 그 많은 사람들의 참음과 사랑으로 오늘의 창비시선이 이만큼이라도 성장했다고 본다면 나만의 독단일까. 그저 죄송하고 죄송할 따름!

(2009)

‘문학과지성 40년’ 기사들을 보며

문학과지성사 창립 40주년 관련 기사들을 보면서 드는 생각이 많다(사실 계간 『문학과지성』은 1970년 창간이니까 잡지로 치면 45년이다). 특히 나는 1980년 2월부터 2003년 3월까지 흔히 ‘문지’의 대칭으로 불리는 ‘창비’의 편집장, 주간, 부사장을 거쳤으니 ‘문지 1세대’들과의 친분은 각별했다.

그중 김현 선생과의 인연은 다른 자리에서 소개했으니만큼 약하기로 하고, 고인이 된 김치수 선생 모습이 제일 먼저 떠오른다. 선생은 나의 첫 직장을 잡아준 분이다. 민음사였다. 지금은 굴지의 출판그룹이지만 내가 대학을 갓 졸업한 해인 1972년의 민음사는 청진동 실비집 골목 5층 건물의 한 층에 자리한 아주 작은 규모의 출판사였다. 그때 민음사는 『현대한국문학의 이론』이란 책을 공저로 낸 김병익·김현·김치수·김주연 등 훗날의 '문지그룹' 멤버들과 고은 선생 등이 자주 드나들던 곳이었다. 아마 그런저런 인연으로 김치수 선생이 나를 그곳에 소개한 모양이다. 그런데 막상 출근하고 보니 편집부 직원이 여성 편집부장과 신입인 나 이렇게 단둘이었다. 게다가 으레 문학 관련 책 편집일이겠거니 했는데 처음 배당된 책이 ppm 등이 잔뜩 나오는 공해 관련 책이었다. 낯설고 어려운 활자들과 하루 종일 마주하다보니 '내가 왜 이런 일을 해야 하나' 하는 철없는(!) 생각이 들어 딱 15일을 근무하고는 아무 말 없이 그곳을 그만둬버렸다. (당시 젊으셨던 박맹호 사장과 김치수 선생께는 미안한 일이지만, 대신 월급을 받은 적도 없으므로 그리 서운해하지는 않으셨으리라 본다.)

창비로 옮겨 근무하던 1980년 7월 31일 당시의 합동통신 정모 기자가 내게 다급히 전화를 걸어 『창작과비평』과 『문학과지성』 등 170여개 정기간행물이 국가보위비상대책위원회에서 '폐간 결정'이 났다고 알렸다. 그 바로 하루 전 계엄사 언론검열단에 『창작과비평』 1980년 가을호 교정쇄를 제출하고 온 나로서는 황당하고 어이없는 일이었다. 그때 내가 첫 전화를 걸었던 곳이 문학과지성사다. 김병익 선생이 특유의 느릿느릿 담담한 어조로 자기도 막 그런 소식을 받았노라고 했다.

또 한 장면은 1985년 12월 초. 마포구 신수동 출판단지에 있던 문학과지성사 창사 10주년 기념식장에 막 들어서던 나에게 김병익 사장이 놀란 얼굴로 다가와 "이형 무슨 소식 못 들었어요?" 하던 것이다. 그가 다급히 전해준 소식은 출판사 창작과비평사 등록취소 결정이 났다는 것이다. 출판사 등록 주무처인 서울시로부터 그 통보를 받은 것이 12월 9일 월요일이었으니 아마 그날은 12월 7일 토요일이었던 것 같다. 말만 서울시지 그 모든 결정은 당시의 문공부가 내린 것이었다. 허가 없이 『창작과비평』 57호를 내어 정기간행물 등록법을 어겼다는 이유였다.

그리고 1987년 12월 '보통사람 노태우'가 기세를 올리며 여의도 유세가 한창이던 무렵의 오후, 문공부 유모 매체국장이 대표인 김윤수 선생을 찾다가 연결이 안 되자 출판사 등록취소건 등 여러가지 마찰로 인해 '매우 껄끄러운 관계'이던 나에게 전화를 해왔다. '계간 『창작과비평』을 지금 즉시 복간 신청하라'는 내용이었다. 이때도 내가 제일 먼저 전화한 곳이 문학과지성사의 김병익 대표였다. '나도 방금 그 전화를 받았다'고 했다. 이런저런 관계로 창비와 문지는 이렇게 '가깝고도 한편 멀었다'.

아, 한가지 빼먹었다. 1980년대 한때 마포경찰서 뒤편 광덕인쇄소 건물 2층과 3층에 문지와 창비가 나란히 '동거'하던 시절도 있었다(1층은 한길사였다). 주로 2층 계단이나 화장실 같은 데서 김현 선생과 마주치며 환한 미소를 마주한 적도 있고, 오정희 작가와 김병익 선생과 함께 마포서 건너편의 한정식집에서 근사한 점심을 들던 때도 있었다. (그때는 김치수 선생이 이른바 4K 중 유일한 '해직교수'

신분이라서 문지 사무실에 상근하다시피 하던 시절이기도 하다.)

다시 김치수 선생 이야기. 1998년 김광규 시인이 주관하던 한독문학교류 행사의 하나로 함부르크 시낭송을 마치고 브레멘에 갔을 때 일이다. 식사를 하러 식당으로 막 들어가는데 일행 중 한 사람이 보이지 않았다. 모두들 난감해 있을 때 제일 먼저 나서는 이가 그였다. "오생근 선생, 당신과 내가 나가서 찾아봅시다!" 한 30분쯤 되었나. 그가 길을 잃고 근처를 헤매던 고 홍성원 선생을 찾아서 씩씩하게 들어서던 모습이 눈에 선하다.

(2015)

진지한 예술가는 늘 비주류*

굳이 서구의 예를 들 것도 없이 진지한 예술가는 늘 '비주류'였다. 나는 김종삼과 박용래 그리고 천상병의 어떤 시들을 좋아하는데, 그들은 당대 시단에서 늘 '소외'를 자처한 사람들이었다. 최근 '창비 사태'의 와중에서 바로 그 잡지에 발표된 평론가 정은경의 다음과 같은 발언은 시사하는 바 크다.

> 비평가들은 좋은 작품과 그렇지 못한 작품을 선별하여 논하기보다

* 이하 5편의 글 「진지한 예술가는 늘 비주류」(8.31.) 「최근의 문학권력 비판 중에서」(9.1.) 「『문학동네』 2015년 가을호 특집을 보고」(9.7.) 「창비는 '밥'인가」(9.13.) 「김명인 형에게」(9.15.)는 2015년 신경숙 단편 「전설」의 표절 논란 및 거기서 촉발된 '문학권력' 논쟁과 관련해 페이스북에 실은 것들이다. 마지막 글은 2015년 9월 14일자 김명인 교수의 페이스북 글에 대한 답글이다.

> 는, 자사에서 출판된 작품 중에 대중적으로 어필하는 작품들을 '사후적으로 승인, 광고'하는 것이 업무가 되어버렸다. 언제부턴가 비평가들이 소속사처럼 출판사에 구속되고, 젊은 평론가들도 '드래프트'처럼 일찍이 영입되어 길러지는 풍토도 이러한 맥락에서 형성된 것이다. '문학적 공론장'이 사라진 이러한 사유지에서는 비주류 평론가들이 후미진 잡지에 어떤 작품을 상찬하거나 비판하는 것이 마치 다른 가게 물건에 눈길을 주는 것처럼, 옹색하고 남우세스러운 일이 되어버렸다.
> (「신경숙 표절논란에 대하여 보론」, 『창작과비평』 2015년 가을호, 334면)

언제부턴가 문학적 권위 혹은 '힘'을 갖춘 잡지에 초대받지 못한 평론가는 이처럼 "남의 가게"를 흘끔거리는 처지에 놓이게 된 최근의 문학장은 이미 정상을 벗어나도 한참 벗어난 비정상적인 것이다. 이러한 비정상이 하루아침에 수정되거나 폐기될 가능성은 현재로서는 거의 불가능에 가깝다. 평론가 김명인 선생 주장처럼 창비가 당장 '자진 폐간'을 선언하거나 소속 편집위원 중 누가 '자진 사퇴'할 상황은 발생하지 않을 것이다(그 역시 그것이 불가능한 현실이라는 것을 누구보다도 잘 알 것이다). 백낙청 선생의 최근 발언은 바로 그 확신에 찬 '선언'이며, '문학권력' 비판자들의 비판에 쉽사리 굴복하지 않겠다는 분명한 의지의 표명이다. 그리고 내가 아는 한 백선생은 결코 허언으로 당장의 위기를 모면하고자 하는 분은 아니다. 표절 및 문학권력 논쟁을 피하지 않고 직접 그 비판에 대한 반비판을 '자임'하겠다는 표현으로 읽어야 한다.

내가 여기서 쉽사리 대안을 내놓을 수는 없을뿐더러 역량 또한 현저히 부족하다. 다만 '굿바이 창비'니 하는 조롱과 비난에 머물지 않고 모처럼 주어진 '문학적 공론장' 논의를 창조적으로 전환하기 위해서는 문학권력 비판자들의 '적공'과 '지성(至誠)'이 조금은 더 축적되어야 하며, 그 칼날이 좀더 예리해져야 한다는 점만 밝힌다. 성급한 예단과 자기중심적 판단이야말로 늘 지기만 한다는 것을 숱한 문학논쟁사에서 학습하지 않았는가. 고대 로마군은 다른 도시의 성벽을 공격하기 위해 수십대의 전차부대는 물론 공병대를 투입하여 수개월의 지루한 공략계획을 세운 뒤에야 성을 오르기 시작했다.

(2015)

최근의 문학권력 비판 중에서

최근의 '문학권력' 비판 중에서 나의 공감을 불러일으킨 것은 김남일의 글이다.

"창립 50주년의 창비는, 미안한 얘기지만, 백선생의 창비는 아니다. 시작은 백선생이 하셨지만, 오늘 우리 곁에 있는 49살의 창비는 그 세월을 함께 견뎌온 모든 이들의 보람이어야 한다."(「창비의 '영토' 밖에서」, 페이스북 2015.8.28.)

이 발언의 행간에는 70,80년대의 군부독재를 창비와 함께 겪어온 창비 독자와 작가들의 애정 어린 충정이 담겨 있어서 그만큼 아프고 곡진하다. 창비는 특정인들의 창비이기도 하지만 우리 모두의 피와 땀이 기여된 소중한 '문학자산'이다. 최근 백낙청 선생의 생각을 경청하기 위해 팟캐스트 '창비 라디오 책다방' 104, 105회(김두식·황정은 진행, 2015.5.3; 5.11.)를 들었다. 90분짜리 2회분이니 상당히 긴 대담인 셈이다. 갑작스런 '은퇴 선언'도 있어서 놀랐지만, 나는 그의 문학에 대한 깊은 성찰과 아직도 식지 않은 열정을 지닌 치밀하고 정교한 우리 사회 전반에의 변혁의지에 감동하는 한편, 창비 50년에 대한 회고 중 그 어렵던 시절을 함께 견뎌온 '동지들'에 대한 세심한 배려심이 너무 소략한 것 같은 느낌을 받았다(아마도 그런 것을 토로할 자리가 아니었다는 점을 감안하더라도). 김남일의 표현대로 창비는 독자들을 포함하여 거기에 글을 쓴 작가들 그리고 함께 계간지 강제폐간과 출판사 등록취소에 온몸으로 저항해온 모든 이들의 소망이 담긴 이름이다.

그러나 나는 세간에서 얘기하는 대로 '백선생만의 창비'라는 견해에는 동의하지 않는다. 창비는 90년대 후반에 주식회사라는 법인으로 바뀌었고 그 최대 주주는 물론 창간의 주역인 백선생이다. 세상은 많이 바뀌었고 군부독재 시절의 '창조와 저항의 거점으로서의 역할'이 지금 우리의 양에 차진 않지만, 아직도 창비는 '담론'의 영역에서만큼은 어느 잡지도 감당할 수 없는 독보적이며 진취적인 자기 역할을 충실히 감당하고 있고 그것을 일종의 사명으로 자임하고 있다고 본다. '분단체제론' '근대적응과 근대극복의 이중과제론' '87년체제론' 등에서 이 잡지가 수행하고 있는 지속적인 작업과 탐구는 타의 추종을 불허한다. 그리고 '갈리마르'나 '주어캄프'처럼 우리 문학출판계에 이런 독특한 위상과 권위 그리고 '힘'을 갖는 출판사가 있다는 것은 우리 모두의 자랑이자 보람이지 폄훼하거나 비방할 일만은 아니다.

단, 어느 시점부터인지 대다수 문학인들에게 창비가 '우리의 창비'가 아니라 편집인을 비롯하여 특정 편집위원들의 것으로 비치기 시작했다는 점만은 '정서적으로' 부인할 수 없겠다는 것 또한 사실이다. 잘나가는 소수 작가들만을 '편애'한다거나 '(과잉)비평'을 부여하여 '그들만의 리그'에 끼지 못하는 수많은 국외자들을 낳았다는 점도 부인할 수 없겠다. 그런데, 문학이라는 것이 꼭 누구의 눈에 띄어야만 문학인 것은 아니다.

평소에도 늘 말해왔지만 나는 우리 문학엔 과대평가된 문인들이 의외로 많고, 부당히 소외되고 저평가된 사람들이 적지 않다는 소신을 갖고 있다. 내가 속한 시단의 경우에만 한정해서 말한다면 최근의 '창비시선'보다는 '실천문학 시선'이 더 '상급'이라고 본다. 그런데 '상업'의 면에서 보면 (잘 팔리지 않는 시집만을 예로 들어선 안되겠지만) 실천문학사는 '상업'에 능하지 못한 것 또한 엄연한 사실이다(그 점에서 김남일 대표는 한탄만 할 것이 아니라 '실력'을 길러야 한다).

문학권력 비판자들이 창비의 '상업주의'를 비판하지만, 나는 창비가 문학과지성사보다는 낫지만 왕년의 김영사나 민음사만큼 '영리 추구'에 능하지는 못하다고 생각한다. 그리고 피 말리는 '자본의 시장'에서 살아남아야 하는 출판기업에 '상업'을 포기하라는 일부

논객의 주장은 순진하기 짝이 없는 주문이다. 조앤 롤링이나 무라까미 하루끼를 수입하기 위해 몇십억을 갖다바치는 것은 상업주의지만, 우리의 '좋은 문학작품'을 생산하여 이를 널리 팔아 다수 독자와 기쁨을 향유하는 행위를 일방적으로 상업주의로 몰아부치는 것은 부당하다.

이제 논란의 출발이 되었던 '신경숙의 표절' 문제로 돌아가보자. 나는 '의도적 베껴쓰기'가 아니라는 창비의 주장엔 동의하지 않는다. 신경숙의 「전설」의 일부 문장은 '문자적 유사성'이 아니고 그 어떤 창조적 모방이나 차용도 아니라 의도되었든 아니든 '부분 표절'이라고 본다. 이 점이 창비와 나의 견해 차이라는 점을 분명히 밝힌다. 그러나 이로 인해 신경숙의 「풍금이 있던 자리」나 『외딴 방』(그게 '노동소설'이냐 '성장소설'이냐를 논외로 치더라도)의 높은 문학적 성취가 전면 부정되거나 '파렴치한 도둑질'로 폄하되어서는 안된다. 그는 누가 뭐래도 90년대 한국문학을 갱신한 유능한 작가이자 아직도 재능이 고갈되지 않고 '지속 성장'이 가능한 우리 문학의 소중한 자산이고 미래다.

(2015)

『문학동네』 2015년 가을호 특집을 보고

권희철의 머리말격인 「눈동자 속의 불안」을 비롯하여 『문학동네』 2015년 가을호 특집 '비평 표절 권력' 161면을 다 읽었다. 김병익의 비평가로서의 자의식을 다룬 글, 최원식의 균형론, 도정일의 비평에 대한 원론적 질문을 비롯하여 장은수의 표절에 대한 인식도 나름의 설득력을 갖춘 것이었지만, 가장 공들인 기획은 신형철의 사회로 진행된 김도언·손아람·이기호·장강명의 「'권력' 좌담」이었을 것이다.

무려 다섯시간에 걸쳐 진행되었다는 이 좌담은 참석자들의 '후기'를 포함하여 90면에 달한다. 이기호·김도언의 발언 중 경청할 만한 부분도 많았지만, 나로서 충격적이고 당혹스러웠던 것은 손아람과 장강명의 '편집위원제'와 '공모문학상제'에 대한 가열한 비판이었다.

우선, 현재의 카스트적인 위계질서와 특정 대학 엘리트 위주로 운영되는 계간지 3사(창비·문학동네·문학과지성사)의 편집위원제도는 (가령 손아람의 얘기처럼 '에디터'들에게도 그 권력을 분담케 하는 식으로) 개선할 점도 많지만, 나는 이들이 주장하는 바가 발언 당사자들 자신부터 쉽사리 현실화될 수 있을 거라고 믿는 것은 아니라고 본다. 3사의 편집위원들이 서울대학교 등 이른바 SKY 출신이 대부분인 것은 맞지만, 이들이 특정 대학 출신이라서 편집위원에 영입된 것은 아니다. 각 계간지마다 고심 끝에 '선택'한 이들은 문학적-사회적 취향의 일치와 글쓰기 역량의 엄중한 검증을 거쳐 그야말로 '미래의 자산'으로 영입된 것이지, 무슨 마피아처럼 음모와 친밀도의 결합의 결과는 전혀 아닌 것이다.

내가 아는 한 주간을 포함하여 계간 『창작과비평』 7명의 상임 편집위원 중 출신 대학이 겹치는 사람은 사회과학 분야 3인뿐이고 문학 분야 3인은 각기 다르다. 그리고 이들은 비상임 편집위원 15인과 일정 기간 '자리'를 바꿈으로써 그 막중한 업무와 역할을 분담한다. 이는 2기 편집위원들을 받아들인 『문학동네』는 물론 세대교체를 자연스럽게 지속하는 『문학과사회』 역시 마찬가지라고 본다. 그리고 이들에게 문학상 심사 등 소소한 권력 행사가 맡겨진다 해도, 그것이 무슨 현단계 한국문학장의 거대권력으로 군림하여 유능하고 재기 발랄하며 새로운 문학성을 갖춘 '문학 신세대'를 제척하거나 억

압한다는 실례를 나는 확인하지 못했다. 신형철의 말대로 자기가 속한 계간지·출판사에서 "좋은 작품을 내고 싶은" 것이, 설혹 '상징자본'에 대한 그것으로 치부된다고 해도, 그들의 욕심이다. 물론 여기에서 배제된 대다수 작가들로서는 이것이 도저히 용납할 수 없는 '권력의 행사'로 비칠지라도.

두번째 사례 역시 이와 관련된 것이지만, '공모문학상제'에 대한 이들의 한 맺힌 듯한 토로는 나로서는 도저히 납득이 되지 않는다. 이번호 『문학동네』 머리말 앞에 '3천만원 고료 제21회 '문학동네작가상' 공모'와 '5천만원 고료 제22회 '문학동네소설상' 공모' 광고가 나와 있는데, 이중 상업적 성공을 출판사에 안겨준 것은 은희경의 『새의 선물』과 김영하, 박민규(이들의 경우 상업적 성공 여부는 확인한 바 없지만) 정도라고 생각한다.

'창비장편소설상' 공모 역시 내가 아는 한 '성공사례'를 본 적이 없다('창비청소년문학상'의 경우 『완득이』가 예외적인 사례이다). 장강명은 편집위원제가 없는 '들녘'이나 다른 곳을 훨씬 더 모범적인 '대안 출판'의 장으로 여기는 발언을 많이 하면서도 왜 굳이 '문학동네작가상'에 응모하여 그 20회째 수상자가 되었는가? 우스갯말처럼 '돈 때문'이라고 변명하지만, 이야말로 '문학장의 대체'를 주창하는 그의 진지하고 열렬한 태도와는 모순되는 것이다.

물론 이 좌담에서 손아람과 장강명이 어떤 부분에서는 생각을 달리하면서도 함께 시나리오나 SF 등 현재의 문학장 바깥에서 이루어지는 소위 '장르문학'에 대한 관심을 촉구하고 웹진소설 연재 등 전혀 다른 매체로 눈길을 돌려야 한다는 '대안적 고심'을 내놓은 것은 바람직하다. 우리 문학이 이처럼 왜소해고 편협해진 것은 비평가들의 눈길이 아직도 '순문학'에 대한 환상에만 집착하고 있기 때문인지도 모른다. 그러나 그럼에도 (이기호와 김도언의 어떤 뼈아픈 발언을 포함하여) 아직 이들이 '인정투쟁'이라는 저 오랜 구습에서 완전히 벗어나지 못했구나 하는 씁쓸한 느낌을 지울 순 없었다. 문제는 현재의 문학권력의 해체가 아니라 '대안권력'의 창출이다. 물방울이 바위를 뚫듯이 그들의 목소리가 힘을 얻어 김수영의 다음 지적처럼 "나무아미타불의 기적"이 출현하길 바란다. (지령 600호가 넘는 『현대문학』이 그 영원할 것 같던 '문단권력'을 유지한 것은 불과 1955~65년까지에 불과했다. 창비, 문지 등 4·19세대의 전면적 등장으로 그들은 역사의 저편으로 쇠락해갔다.)

> 〈내용〉은 언제나 밖에다 대고 〈너무나 많은 자유가 없다〉는 말을 해야 한다. 그래야지만 〈너무나 많은 자유가 있다〉는 〈형식〉을 정복할 수 있고, 그때야 비로소 하나의 작품이 간신히 성립된다. (…) 이것을 계속해서 지껄이는 것이 이를테면 38선을 뚫는 길인 것이다. 낙숫물로 바위를 뚫을 수 있듯이, 이런 시인의 헛소리가 헛소리가 아닐 때가 온다. 헛소리다! 헛소리다! 헛소리다! 하고 외우다 보니 헛소리가 참말이 될 때의 경이. (「시여, 침을 뱉어라」 400면)

(2015)

창비는 '밥'인가?

먼저 나의 논지를 분명히 밝혀두는 것으로 이 글을 시작하고자 한다. 나는 신경숙의 「전설」의 일부 문장이 '의도적 베껴쓰기'냐 아니냐를 떠나, 그리고 큰 틀에서의 '창조적 모방, 차용'이냐 여부를 떠나 "넓은 의미의 표절"(백영서 「책머리에」, 『창작과비평』 2015년 가을호, 3면) 혹은 '부분 표절'이라고 본다. 이 점이 창비의 입장과 분명히 다르다는 것은 지난번 글에서도 밝힌 바 있어 재론하지 않겠다.

그런데 『문학동네』의 인적 쇄신책이 『한겨레』 단독보도(「문학권력 논란 후폭풍… '문학동네' 1세대 퇴진」, 2015.9.1.)로 나간 후 '문학동네=쇄신, 창비=노쇠한 권위주의'라는 양분론이 언론 및 SNS를 통해 지배적 담론으로 굳어져가는 현상을 목도하게 되어, 이를 넘어서지 않고는 현단계 한국문학장의 그 어떤 성찰적 논의도 한걸음 더 진전시킬

수 없다는 판단을 했다. 물론 나는 앞선 글에서도 밝혔지만 출판사 대표이사 및 『문학동네』 1기 편집위원들의 사퇴를 포함한 인적 쇄신책과 더불어 이 잡지의 2015년 가을호 특집을 통한 권희철, 신형철 편집위원의 진지한 '자기반성'을 존중한다. 그런데 불행히도 『문학동네』 이번 가을호 특집을 자세히 검토한 결과, 권희철의 머리말 격인 「눈동자 속의 불안」을 포함하여 신형철의 사회로 진행된 「'권력' 좌담」에서 나는 이들의 고뇌 어린 자기비판이 상당 부분 '수사적 의장'에 머물러 있음을 본다. 권희철의 머리말은 '표절'은 인정하되 '비평적 대화'라는 것이 확신에 찬 '심판'이 아니라 '눈동자 속의 불안'을 간직한 채 "근본적이고 고유한 의미와 감각들을 언제나 아직도 계속해서 더듬거리며 찾고 있"(14~15면)는 어떤 것이라는 논지에 기초해 있으며, 문학권력 비판자들의 일방적인 비판에 굴하지 않겠다는 의지의 표현이 더 강하다. 신형철의 경우도 좌담에서는 작가들의 돌출적인 비판에 대해 겸허한 경청을 택했지만 '후기'를 통해서는 "문학동네는 90년대 이후 한국문단의 공유재산"(161면)이라는 전제를 달면서도 "최근 몇 달간 문학동네에 쏟아진 비판들 중에는 동의할 수 있는 것보다 그럴 수 없는 것들이 더 많았다"(160면)라는 괴로움을 토로한다. 말하자면 양자 모두 '대세'에 밀려 표절은 인정하되 문학권력 비판에는 선선히 동의할 수 없다는 것을 분명히 밝힌 셈이다.

'문학동네=쇄신'에 제일 먼저 고무적인 '격려'를 보낸 사람은 김남일 실천문학사 대표와 비평가 김명인이었다.

출판사 대표가 동업 출판사 대표의 '사퇴 선언'에 그처럼 우호적인 환영의 뜻을 표한 것도 격에 맞지 않아 보이며, 문학권력 비판에 앞장선 이가 마치 그 권력이 당장 '해체'된 것처럼 환영하는 모습 또한 진정한 권력비판자로서의 '기본 실력' 내지 '체력'이 의심되는 바다. 예단은 금물이지만 나는 문학동네가 이번 '선언'으로 한국문학장에서 그들의 권력 행사를 포기하지 않을 것이라고 단언한다. 다만 다른 모습으로 그들은 '작가 독과점'을 포함한 상업주의적 권력 의지를 약간은 분산된 형태로 '관철'할 것이라고 본다.

한편, 『창작과비평』 2015년 가을호 백영서 주간의 「책머리에」와 페이스북을 통해 밝힌 백낙청 편집인의 「창비의 입장표명 이후」(8.27.)와 「『창작과비평』 2015년 가을호에 관해 (2)」(8.31.)야말로 표절 및 문학권력 논쟁을 재점화한 글이다. 결론부터 말하자면 나는 두 사람의 글이 모두 적절치 않은 시점에 나온, '위기의식이 결여된' 것이라고 본다. 특히 「책머리에」는 강일우 대표의 2차 입장표명에서 창비 문학출판부의 성명으로 되돌아간 인상마저 준다. 내부토론을 거친 것이라고 보기엔 너무 안이하다. 창비는 자신의 외부로부터 쏟아진 질타에 고작 이 정도의 대응논리밖에 마련하지 못했나 하는 생각까지 했다.

그런데 백낙청 편집인의 두 글의 논지는 '모든 잡지(출판사)가 신경숙을 버려도 창비는 끝까지 그를 버리지도 않을뿐더러 부당하다고 느껴지는 모든 비판들에 끝까지 논리적 대응을 멈추지 않겠다'라는, 비평가로서의 그리고 편집인으로서의 단호한 의지의 표명이다. 많은 논자들이 이를 노쇠한 권위주의와 거대 출판권력의 '기업가치'를 수호하려는 것으로 보았으며, 그로서는 1966년 『창작과비평』 창간 이래 가장 많은 질타를 감내하는 처지에 놓이게 된 셈이다. 그간 정치권력으로부터 받은 탄압은 수많은 독자를 비롯하여 동료 문인·지식인들의 응원과 지지를 받았지만 이번에는 그야말로 외로운 '섬'이다.

"그렇다고 그것이 일부러 베껴쓰지 않고는 절대 나올 수 없는 결과라고 보는 문학관, 창작관에는 원론적으로도 동의하기 어렵지만, 더구나 상상력까지 동원해서 저자의 파렴치한 베껴쓰기를 단정하고 거기다 신경숙은 원래가 형편없는 작가였다는 자의적 평가마저 곁들여 한국문학에 어쨌든(항상 좋은 작품만 써낸 건 아니지만) 소중한 기여를 해온 소설가를 매장하려는 움직임에는 결코 합류할 수 없습니다."(「『창작과비평』 2015년 가을호에 관해 (2)」)

"창비나 저의 이런 입장을 상업주의적 타락이나 노쇠한 권위주의 탓으로 규정하는 동료 평론가, 동업 편집자, 문학교수 그리고 문학담당 기자들이 적지 않은 사실에 대해서는, 조금만 더 시간을 두고 지켜봐달라고 부탁하고자 합니다. 창비의 실상이 그러하다면 누구도 창비의 조속한 몰락을 막을 수 없을 테니까요."(같은 글)

앞의 대목은 신경숙 표절 사태에서 비판자들의 비판에 대한 '반

비판'의 천명이고, 뒤의 것은 사실은 더 중요한 것으로 '창비=노쇠한 권위주의'에 대한 단호한 '배척'의 선언이다. 그런데 『한겨레』 최재봉 기자의 칼럼 「문학동네의 길, 창비의 길」(2015.9.11.)을 비롯하여 대부분의 언론은 백낙청 편집인의 "창비의 조속한 몰락"에 대한 일부의 우려와 기대(?)에 정면 대응하겠다는 '행간의 의미'를 읽지 못하거나, 알고서도 일부러 '외면'하거나, 별다른 의미를 두지 않는 것 같다.

앞선 글들에서도 누누이 밝혀왔지만 창간 반세기를 앞둔 창비 편집인의 이 돌올하며 도저한 '선언'이 '쇄신'이 아니라고 한다면 무엇이 문학장의 '진지한 쇄신'이란 말인가. 그러므로 나는 '문학동네=쇄신, 창비=노쇠한 권위주의'라는 양분법은 폐기되어야 한다고 생각한다. '의장'과 '본의'를 분별 못할 만큼 우리의 눈이 그렇게 어둡지만은 않다. 아니, 오히려 또렷또렷하게 밝다.

(2015)

김명인 형에게

모처럼 안식학기를 맞아 '절전 모드'에 진입하려고 하는데 제 글이 다시 김형을 '활성화 모드'로 충전시켜드린 것 같아 미안합니다.

먼저 저에 대한 얘기가 주인 '사족' 부분부터 말씀드린다면, "'기본 실력' 내지 '체력'이 의심되는 바다"라는 앞글의 제 표현은 지나쳤다고 생각합니다. 제가 무슨 비평가의 실력을 판단하는 판관도 아닌 주제에 유달리 김남일 형과 김명인 형을 거기 호명한 것은 다른 비판자들에 비해 조금은 더 '친숙감'이 있어서라고 판단해서인데, "밥 한끼도 같이한 적도 없는 한 '문단 선배'"라고 싸늘한 격절의 선을 그으니, 사실 여부를 떠나 나도 참 잘못 살아왔구나라는 자괴감이 먼저 듭니다. 우리가 과연 80년대부터 그런 사이밖에 안되었나요? 기억이란 게 기억하고 싶어 하는 것만 기억되는 것이겠지만, 김남일 형과 마찬가지로 저는 김형과 그런 정도의 "교감과 교분도 없이" 지내왔다고는 생각지 않습니다. 이게 제 기억의 망실이라면 제가 책임지겠습니다. 김형이 직접 주도한 『사상문예운동』에 '민중적 민족문학론'을 쓰기 이전부터도 저는 고 채광석 형을 비롯하여 김형과의 최소한의 교류와 교감은 있어왔다고 믿습니다.

그러나 그렇다 하더라도 온몸을 다해 글을 쓰는 비평가를 향해 실력, 체력 부족 운운한 것은 옳지 않습니다. 이 점은 다시 한번 사과드립니다. 더구나 "대학교수로서 (물론 『황해문화』를 책임지고 있으나) 너무 안온한(?) 생활에 머물러 있다가 근 15년 만에 평단에 나타나 '권력비판'에 집착하는 모습이 보기엔 썩 안 좋았습니다"라는 정은귀 선생에게 보낸 제 댓글 표현 역시 김형이 듣기에는 '인신공격'으로 받아들이기에 충분할 만큼 적절치 못한 표현이었습니다.

이제 본론으로 들어가보지요. 이건 편견이라면 편견이겠지만, 김명인 형의 백낙청 선생에 대한 비판은 때로 비평가로서의 '금도'를 넘고 있다는 것이 제 생각입니다. 김형의 출세평론인 「지식인문학의 위기와 새로운 민족문학의 구상」부터 최근의 '문학권력 비판'에 이르기까지(그 중간항에 「주례사 비평을 넘어서」가 있습니다만) '백낙청=소시민적 민족문학론' '백낙청=노쇠한 문학적 권위주의'는 일관되게 관철되고 있는 김명인 비평의 '도식'입니다. 그리고 여기에 더해 『창작과비평』은 80년대 후반부터 김형이 반드시 딛고 넘어서야 할(혹은 '분쇄'해야 할) '거대권력'인 것입니다.

9월 1일자 『한겨레』 단독보도를 접한 김명인 형의 첫 발성부터가 (제가 김형의 글을 순진하게 잘못 짚었다고 생각하는 모양이지만) '문학동네=그래도 일단 쇄신' '창비=비루한 문학권력'이라는 도식을 벗어나지 못했다고 봅니다.

김수영 연구자답게 "구원은 예기치 않은 곳에서 오고"(「절망」)라는 시구까지 동원된 김형의 발언은 "절망은 끝까지 그 자신을 반성하지 않는다"라는 다음 구절에 사실은 '창비'를 대입시키고자 하는 의도를 숨기지 않습니다. 그리고 어떤 글에선 심지어 『창작과비평』의 자진 폐간 내지 휴간을 권면하는가 하면, 편집위원 전원 혹은 일부 사퇴를 주장하기까지 합니다. 80년대 후반 새로운 민중문학의 도래를 외치며 '창비식의 민족문학론은 끝났다'고 주창하던 때의 소장 평론가 김명인의 모습과 무엇이 다릅니까?

문학권력 비판자들을 주변부로 돌려 주류 문단의 영원한 비주류로 소외시키는 문학현실이 싫어서 자발적으로 평단을 떠났고, 이젠 신경숙 씨의 표절과 이를 감싸는 우리 문학장의 비루하기 짝이 없는 권력의 카르텔이 자신을 다시 문단에 불러들였다는 비평가로서의 소명의식이야말로 존중해야겠지만, 저는 김형이 어떤 방식, 어떤 논리로 '진지'를 마련하여 현단계 문학권력의 쇄신 내지 분쇄에 기여할지 솔직히 의심스럽습니다(제가 '실력'이란 말을 콕 집어 쓰고 싶은 곳은 바로 이 대목입니다). 다만 김형의 말대로 "계급장을 떼고" 본격적인 '상호논쟁'과 '상호침투'를 통해 문자 그대로 "문학권력에 대한 논의"가 지금 바로 시작되기를 기원합니다. 이 일이 유야무야 덮이거나 이대로 끝난다면 적지 않은 명작과 비평의 역사를 지닌 한국문학은 지속 불능의 상태에 빠지게 될 게 뻔합니다. 그래서야 다시 10년 뒤에 '늙은 군인'이 되어 어떻게 '전장(戰場)'에 서겠습니까.

그러기 위해서 저는 김형이 저 낡은 도식, 백낙청 선생에 대한 과도한 '집착'(이것은 역시 나에게도 해당하는 점이라는 걸, 김형이 이번 글에서 잘 짚어주셨습니다)에서 벗어나 좀더 넓은 안목과 세련된 기량을 갖춰야 한다고 충고하고 싶습니다. 아무리 전투의지가 강해도 장수가 전략을 잘못 짜면 싸움은 뻔한 것입니다. 강을 건너기 전에 부교는 제대로 설치되었는지, 물의 깊이는 어떤지, 상대 진지는 해자를 둘렀는지, 성벽의 높이와 그 안의 방호는 제대로 갖춰져 있는지를 그야말로 세세히 살펴야 합니다. 제가 보기에 '아직' 그 성은 노쇠하지 않았고, 또 제가 과대평가한다고 하실지 몰라도 '장수' 역시 건재합니다. 그러므로 저는 이번 싸움에서 김형과 우군들이 ''문학동네'는 이미 준결승에 진출해 있는데 '창비'는 아직 도핑테스트에 걸려 "출발할 기회"도 얻지 못했다'는 상상적 예단에 안주해서는 안 된다고 생각합니다. "창비와 백낙청 선생은 새로 출발할 기회를 얻지 못한 것"이 아니라 이미 저만큼 나가서 김형들을 기다리고 있다면 어떻게 할 작정입니까? "적어도 나는 그럴 자격을 주고 싶지 않다"라는 것은 어디까지나 김형만의 편의주의적인 생각일 수도 있습니다.

김형 글의 '사족'에 대한 제 미안한 마음의 표현으로부터 시작한 글이 어쩌다보니 김형 같은 '전사'가 보기엔 '어설픈 권고'를 하는 데에까지 이르고야 말았네요. 김형 말대로 신경숙 씨 문제는 아무리 성찰을 거듭해도 결국은 '작가의 양심'의 문제이고 '윤리'의 문제입니다. 이로부터 출발한 것이 상업주의(사실은 특정 출판사의 '작가 독과점') 및 그보다 더 주요한 문학장의 권력 문제로까지 비화하고 말았습니다. 환절기에 건강 유의하시기 바라며, 편안한 안식학기 보내시기 바랍니다.

(2015)

‘해학’과 ‘해악’

아리엘 도르프만이 주는 교훈

1998년 민족문학작가회의(현 한국작가회의)가 주관한 ‘세계작가와의 대화’ 초청작가로 우리와 친숙하기도 한 칠레의 소설가 아리엘 도르프만(삐노체뜨 쿠데타 이후 미국으로 망명하여 지금은 듀크대학 교수다)이 쓴 짧은 산문 「왼쪽 나라의 앨리스」(강미숙 옮김, 『창작과비평』 2015년 겨울호. 이하 인용은 모두 이 글의 것이다)는 우리에게 여러가지 생각거리를 준다. 무엇보다 “다른 세상을 갈구하고 다른 지평선을 찾으려는” 우리의 노력이 조금 더 의미 있는 것이 되기 위해서는 우리가 너무 근엄하고 익숙해선 안되며, “실의에 빠진 채 오로지 한탄만을 일용할 양식으로 삼”지 말고, 맑스 시대에도 유명한 동화였던, 실제로 그의 딸 엘리너가 열렬한 독자였던 『이상한 나라의 앨리스』의 “전복적이고 시끌벅적한 유머”와 “카니발적인 에너지와 장난기”

를 우리 자신의 것으로, 즉 "진보적 정체성의 핵심적 일부로 인식하고 포용"해야 한다는 것이다. 확실히 우리는 "훈계하고 분석하고 단언"하는 데에 너무나 익숙하며, 무겁고 진지한 태도로 오랜 시간 토론하고 담론을 제시하는 데에도 익숙하다. 그의 말대로 우리에게는 "역사의 온갖 비극이 우리를 짓누르고 있다는 듯 무겁고 둔한 근엄함이 존재한다". 대신 우리가 잃어버린 것 중의 하나는 "희망과 연대의 작은 실천 하나하나와 더불어 되살아나는 마법 상태를 깨닫고, 세상을 우리가 발견한 상태로 내버려둘 필요가 없다는 확신에서 비롯되는 순전한 환희" 즉 '해방의 기쁨'이다. 칠레혁명(1970~73)에 참여했던 그의 증언에 의하면 "내 곁에 있던 그 형제자매의 에너지, 그들의 탄력과 용기와 창의성, 활력 넘치는 농담과 손수 만든 플래카드들"의 왁자지껄한 축제성을 잃어버렸다는 것이다.

멀리 갈 것도 없이 1987년 6월항쟁의 신촌과 시청광장과 종로에는 분명히 "군부독재 물러가라!"라는 구호와 함께 일시적이었지만 그 거리와 시간 자체가 바로 우리 자신의 것이 되는 해방의 예감이 있었다. 그런데 오늘 우리는 그 예감을 잃어버렸다. 모든 집회는 규격화되었으며, 경찰 차벽과 사이좋게 공존한 채 제한된 장소에서 제한된 구호와 제한된 격식의 '문화제'가 일상화되어버린 것이다(그 차벽에 밧줄을 거는 순간 이른바 '소요죄'가 기다린다). 그리고 우리는 지금 '유사 파시즘'이라 불릴 만한, 모든 민주적 가치의 퇴행이 일상화된 '신종 쿠데타'(혹은 '저강도 쿠데타') 국면을 맞고 있다. 충분히 구조할 수 있었음에도 불구하고 세월호에 300여 어린 학생들의 목숨을 묻은 박근혜 정부는 아무런 가책도 죄의식도 없이 바로 그 학생들을 위한다는 명분으로 '단일한 역사교과서'를 새로 쓰고 있으며, 국민을 절반으로 나누어 '비국민화'하고 있다. 지난 대통령 선거 때의 '경제민주화' 공약은 말할 것도 없이 헌신짝처럼 버려졌으며, 모든 정규직을 비정규직으로 만들려는 친자본적 노동악법을 강요하고 있으며, 이 땅의 대다수 청년들을 '헬조선'의 '3포세대'로 만들어가고 있다. 둘러본들 어디 하나 희망보다는 "무겁고 둔한" 절망이 앞선다. 뼈아픈 것은 '2013년 체제' 만들기, 즉 민주개혁적 정권 창출에 우리가 실패했다는 결말이 우리의 운명을 이처럼 송두리째 암담한 현실에 처하게 만들었다는 사실이다.

그러나 분명한 것은, 그 어떤 숱한 고난과 시련에도 불구하고 이 불평등이 일상화된 세상은 바뀌어야 하고, 점점 세습화해가는 재벌-권력의 '수구-보수' 동맹은 민중의 힘으로 반드시 깨뜨려야 한다는 것이다. 여기서 우리가 잊지 말아야 할 것이 도르프만의 말이다. "고난은 엄청나고 불의는 참을 수 없고 어리석음은 사방에 퍼져 있고 (…) 미래는 암담한 디스토피아이고 지구는 종말 직전에 놓여" 있더라도 "생동감 넘치고 창조적인" 우리 이웃들의 왁자지껄하고 때로는 논리에서 벗어난 듯한 그 낙관적인 웃음과 해학을 소중히 간직해야 한다. 이것 없는 예의 그 근엄하고 진중하며 명석한(?) 토론은 때론 자기파괴적인 해악이 될 수도 있다. 절망의 저편엔 항상 "또 다른 바닷가"가 있다. 그리고 이것을 상상하는 한 인간의 힘은 무한한 것이고, '전복'은 그때 '혁명'의 또다른 이름이며 기슭을 향해 몰아치는 거센 파도가 된다.

(2016)

시 읽기의 즐거움

나의 한국 현대시 읽기

초판 1쇄 발행/2016년 7월 8일

지은이/이시영
펴낸이/강일우
책임편집/박지영·정편집실
조판/박아경
펴낸곳/(주)창비
등록/1986년 8월 5일 제85호
주소/10881 경기도 파주시 회동길 184
전화/031-955-3333
팩시밀리/영업 031-955-3399 편집 031-955-3400
홈페이지/www.changbi.com
전자우편/lit@changbi.com

ISBN 978-89-364-7294-8 03810